BENZULUL

ERACLIO ZEPEDA

Benzulul

(Cuentos)

Ilustrado por
F. Salmerón

FONDO DE CULTURA ECONÓMICA
MÉXICO

Primera edición, Ficción, Universidad Veracruzana, 1959
Segunda edición, FCE (Colección Popular), 1984
　　Sexta reimpresión, 1994

D. R. © 1984, Fondo de Cultura Económica
D. R. © 1987, Fondo de Cultura Económica, S. A. de C. V.
Carretera Picacho-Ajusco 227; 14200 México, D. F.

ISBN 968-16-1778-9

Impreso en México

Don Laco:

Aquí te mando algo de lo que me enseñaste a pepenar por los caminos.

ÍNDICE

Benzulul 11

El Caguamo 33

Vientooo 57

El Mudo 83

Quien dice verdad 103

La Cañada del Principio 115

Patrocinio Tipá 131

No se asombre, sargento 149

BENZULUL

Mientras avanzaba por la vereda, una parte de su cuerpo se iba quedando en las marcas de sus huellas. Podría haberse quedado ciego de pronto (por una brujería de la nana Porfiria, o por un mal aire, o por el vuelo maligno de una mariposa negra), y a pesar de ello, seguir el camino hasta el pueblo sin extraviarse. No había una hiedra que no conociera; ni el pino quemado y roto por la piedra del rayo, ni el nido de la nauyaca, habían escapado al encuentro de sus ojos.

El estar caminando era su vida. Juan Rodríguez Benzulul conocía de memoria todos estos rumbos. Veintidós años de marcar los pasos en esta vereda; dejar su seña en el polvo o en el lodo, según la época.

—Cuando asomó el gobierno pa dar las tierras ya, cuanto hay, entendía yo de veredas. Cuando, en después, las volvieron a quitar, ya no había quien supiera más que yo.

No había cerro, no había cerco, potrero, milpa o llano, que no tomara, en el recuerdo de Benzulul, la forma de un suceso.

En estos lome íos hay de todo. Todo es testigo de algo. Desde que yo era de este tamaño, ya eran sabidos de ocurrencias estos lados.

La misma caminata. Siempre el mismo rumbo. De Tenejapa al aserradero, del aserradero para Tenejapa. Las mismas señas. Los mismos pinos. En este árbol colgaron al Martín Tzotzoc para que no le fuera a comer el ansia, y empezara a contar cómo fue que los Salvatierra se robaron aquel torote grande, semental fino, propiedad del ejido. Este árbol, sí, este mismo, fue el final de Martín Tzotzoc.

El camino lo ve todo lo que pasa. Y el que vive en el camino sabe mucho. Yo averiguo cada huella, cada casa, cada bestia, cada muerte. Eso sí, por nada platico lo que encuentro. Es de mucho peligro. Capaz quedo en algún roble igual que un judas, pa alegración de los zopilotes. El Martín Tzotzoc tuvo mala suerte. ¡Si no va a ser mala suerte irse a topar con un trabajo de los Salvatierra! Todo lo vio. Desde que se lo pusieron al toro la gaza, hasta que se lo fueron llevando jalandito. Luego, el Encarnación Salvatierra regresó para borrar las señas, y allí se lo encontró. El Martín dijo que no iba a decir nada pero el Encarnación no muy le quiso hacer caso. ¡No más se lo pepenó del pescuezo y se lo llevó pal roble! Allí lo encontraron columpiándose, con un mosquero que ni dejaba echar la bendición siquiera. Mala suerte del Martín Tzotzoc. Yo desde ese inter, me hice la obligación de no decir nada.

Para llegar a Tenejapa es menester cruzar el arroyo que baja del cerro con el agua siempre fría. Benzulul llenaba diariamente el tecomate en este arroyo para conservar, aun dentro de su choza, el olor a montañas. Ya a estas horas, por ahí de las seis de la tarde el agua se enfría más todavía. No es que sea noche cerrada, al contrario, todavía hay mucha luz; el sol aún marca una larga sombra que nace en el talón de los caminantes.

El río tá fresco siempre. Siempre canta. Siempre camina. Mucho sabe el río. Pero no dice nada. Por eso tá fresco. Es mejor no meterse en parcela cercada. No cuenta lo que ve. Por eso tá fresco. Por eso no muere nunca. Todo lo guarda en el fondo. Cuando hay un ocurrido, lo convierte en piedrita redonda y se lo guarda en el fondo. Allí lo tiene y no lo dice. Por eso tá fresco. Las piedritas tán siempre guardadas y allí van creciendo. Son huevos de montaña. Cuando es el tiempo acabalado, se hacen piedrotas pa lavar ropa o pa jimbarse de cabeza al río. Después crecen más y se van a donde falte un cerro. Y el río tá siempre fresco. Es mejor guardar lo que se ve. No contarlo.

Se lavó las piernas en el arroyo. Le agradaba sentir cómo se hundían los pies en las hojas sepultadas en el fondo. Piedras y hojas y agua; de allí nace todo —decía la nana Porfiria.

La nana Porfiria sabe mucho. Pero es igual que el río. Tampoco dice nada. No muy habla de todo lo que tiene alzado en su tapanco. Hartos envoltorios tiene. Allá los deja. Dice que son almas. Cosas del diablo. Por eso es mejor que se queden allí.

La nana dice que uno es como los duraznos. Tenemos semilla en el centro. Es bueno cuidar la semilla. Por eso tenemos cotón y carne y huesos. Pa cuidar la semilla. "Pero lo más mejor pa cuidarla es el nombre", dice. Eso es lo más mejor. El nombre da juerza. Si tenés un nombre galán, galana es la semilla. Si tenés nombre cualquier cosa, tás fregado. Y eso es lo que más me amuela. Benzulul no sirve pa guardar semilla.

Se quedó sentado en la orilla del arroyo, para que el agua siguiera calzándole con una larga bota clara. Con la cabeza sobre las rodillas, Juan Rodríguez Benzulul recordaba.

Su padre, el José Rodríguez Chejel, se fue un día, hace tiempo, a trabajar a las fincas de café. No volvió nunca. Agarró el rumbo hace veinte años. Apenas si conservaba, como una sombra, igual que un ruido, el recuerdo de su padre. Ya ni se le esperaba. Hasta la vieja Trinidad, la madre, cuando murió, ya había perdido toda esperanza. Tal vez el José Rodríguez Chejel había hecho algo malo y los patrones lo ajusticiaron. Ya ni se le esperaba.

Si el tata hubiera tenido buen nombre, seguro que regresa. Pero ya dije: Benzulul, o Chejel no es garantía. Por allá se quedó con la semilla podrida. También mi nana Trinidad no tuvo buena defensa. Se murió de hambre cuando estuve preso. Fue cuando me llevaron por una confundida. También por ser sólo Benzulul. ¡A que al Encarnación Salvatierra no se lo confunden! Cuando se dieron cuenta que yo no era el criminal que decían, me dejaron regresar. ¡Ya cuanto hay la habían enterrado a la nana Trinidad! No tuvo nombre tampoco. Y cuando es así, la semilla se seca. Algún día yo también voy a quedar con el centro hecho mierda.

Y desde siempre ha sido así. El que tiene buen nombre de ladino, nombre de razón, ese tá seguro. Ese hace lo que quiere y siempre tá contento. Pero eso de llamarse Benzulul, o Tzotzoc, o Chejel tá jodido.

Aquí lo veo mi cara retratada en el agua. Sé que soy de por estos lados. Todo lo dice: el sombrero, la faja, la facha. Pero si yo dijera: AQUI TA ENCARNACION SALVATIERRA, todos me vendrían a saludar, y ya no se están fijando si vengo a pie, o vengo montado, o si tengo escopeta, o si mato. Nada. Pero si digo: AQUI TA JUAN RODRIGUEZ BENZULUL, la cosa se empieza a descomponer. No falta quien me dé una jaloneada, o tal vez me dan una patada, o me meten a la cárcel o de plano me dejan colgado como al Martín, con la semilla hediendo y lleno del mosquero verde.

De un salto se puso en pie y continuó el camino. La luz se iba haciendo a cada paso más extraña. Ya no se podía ver al pino que se destaca arriba del cerro. Las luciérnagas se encendieron y fueron a rondar los matorrales.

El Encarnación Salvatierra tá seguro. Lo tiene su nombre, brilloso como una luciérnaga. Todos averiguan que tiene semilla grande nomás de oír: Encarnación Salvatierra. Hace maldá y es respetado. Mata gente y nadie lo agarra. Roba muchacha y no lo corretean. Toma trago, echa bala y nomás se ríen y todos se contentan. Por estos rumbos sólo los endiablados tienen la semilla a salvo. Pero ahi tá el nombrón que los cuida y los encamina. En cambio uno, por andar de cumplido y derecho tiene que estar todo lleno de enfermedá, con la barriga inflada de hambre, con los ojos amarillos por la terciana; lo meten a la cárcel y cuando lo sueltan ya tá muerta la nana Trinidad, ¡Pa que putas! Ahi tá el Martín Tzotzoc: nunca mató, nunca robó, no llevó muchacha; nunca se metió en argüendes. ¿Y pa qué? Sólo pa quedar guindado de ese roble con los ojos chiboludos como de pescado y los dedos todos morroñosos: del cora-

je, digo yo. Los que tienen el nombre hagan maldá, hagan pecado, todo les sale bien, todo les trae cuenta.

Con el machete bajo del brazo, listo, por si asoma alguien, por si sale culebra, por si hay ganas de hacer leña, Juan Rodríguez Benzulul iba pensando.

Por el cerro de la derecha, las nubes, ya prietas en la noche, tomaron, lentamente, una claridad sencilla. Las sombras se extendieron nuevamente a las pies de Benzulul.

Me gusta cuando hay luna. Se ven cosas en el camino. La claridad saca animales. Los conejos se sientan abajo de los pinos pa ver al tata conejo que tá en la cara de la llena. Se fue a visitarla una noche y allá se quedó sentado. Los venados también asoman. Les gusta creer que la luna es una lámpara que no encandila, que no mata. Cuando la ven entre las ramas del ocote parece una castaña colgada.

Cuando hay luna las cosas cambian. El camino cambia. Uno cambia. Asoman cosas del fondo de los ríos. (Tal vez las piedras que van a convertirse en montañas). También asoman muertos. Muertos que, como el Martín, como mi tata y mi nana, que, como yo, no tuvieron nombre. Lo andan buscando pa cubrir la semilla. A mi no me gusta encontrar espantos. Pero la luna los trae al camino y el camino es de todos.

Las sombras bailaban con el viento. El viento hacía una flauta con las ramas de los árboles. Los árboles se hacían más altos. Alta la luna, anuncia aparecidos al camino.

Los perros miran a los muertos. Cuando un cristiano se pone cheles de perro mira a los muertos. Yo quise ponérmelos pa ver al tata, pa ver a la nana. Pero el

perro se murió y ya no puede. Los muertos sin nombre ya no guardan la semilla, dice la nana Porfiria, pero tienen que llevar hojas pa envolverla. Se les cae la semilla cuando mueren, pero tienen la obligación de buscarla. En la noche con luna es cuando buscan las hojas... Los que tienen nombre se quedan con la semilla en su lugar. Cuando yo muera voy a seguir caminando este camino: Juan Rodríguez Benzulul no dejará el camino. ¡Si consigo un nombre todo cambia! Encarnación Salvatierra va a morir sabroso. No va a aparecer en la noche. No va a espantar. No va a llorar. Tiene nombre.

En una vuelta de la vereda aparecieron de pronto las luces de Tenejapa. Se destacaban en la noche, igual que ojos de tigre, los quinqués de Tenejapa.

Benzulul no temía al camino. No podía tener miedo de la tierra que conocía sus pasos. Su cuerpo había quedado, poco a poco, sembrado en el camino. Primero, sólo el sudor, después sus huellas, después sus palabras. Después todo él. Benzulul no temía al camino pero sintió alegría de llegar al pueblo. Las noches de luna le ponían sobre aviso.

Ya dije que me gusta la claridad de la luna. Pero siempre como que me entra un frío por los ojos. Cosas de muertos.

Sólo faltaba rodear la alambrada del panteón para llegar a las primeras casas. Las tumbas, blancas, solas, quietas, se cubrían de lunares con las sombras del ciprés. Benzulul apresuró el paso.

Aquí adelantito, a mano derecha, tá enterrado el Martín. Al ladito tá la nana. Ahora deben andar buscando nombres. Pobre Martín. Pobre la nana.

Ya para llegar al palo de encino, que separa la vereda de la alambrada, esa misma encina que guarda zopilotes y cuervos en la tarde, Benzulul escuchó pasos.

Se arrastraban sobre la hierba del panteón. Oyó su nombre.

Apresuró el paso y sintió que un miedo espeso le agarraba el pecho.

—Juan, Juan; Juan Rodríguez Benzulul. Juan Esperáme —volvió a oír.

Quiso voltear pero le ganó el miedo. Sintió clarito que la espalda se le abría en un gran surco frío. Las piernas se cubrieron de un vibrar como de hormigas. Los dedos de las manos se le pusieron tiesos y empuñó el machete.

—Juan. Hijo, esperáme.

La voz venía de por aquí cerquita nada más. Por la tumba del Martín; o tal vez por la tumba de la nana.

—Juan. Paráte por vida tuyita.

La nariz se le cubrió de sudor frío. El miedo le punzaba las tetillas.

—Juan. Hijo...

No supo cuándo empezó a correr. Los cuervos aletearon en las ramas de la encina cuando él pasó corriendo.

—Juan...

Sofocado, sudoroso, Benzulul no se detuvo, sino mucho después de cruzar las primeras casas.

—Ave María —dijo al detenerse a la puerta de su jacal.

A las siete de la noche ya no hay nada en Tenejapa,

sólo el silencio. A veces se deja llegar un grito que avisa la alegría o el dolor de un hombre. Después nada. Sólo el silencio. Algún perro ladra inexplicablemente —a los fantasmas, a los aparecidos—, dicen. Después nada. Sólo el silencio.

Benzulul se dejó caer pesadamente en un banquillo. Recorrió su choza con la vista. Todo estaba igual. Todo en su sitio. Nada faltaba.

Sólo el nombre, se dijo.

Se quitó el gran sombrero de palma, y lo arrojó, cansado, sobre un cofre.

—Los muertos tan saliendo. Buscan hojas pa la semilla.

Hundió sus dedos en el cabello despeinado y grueso. Se pasó la palma de la mano por la frente estrecha.

Sería el Martín. Tal vez fue mi nana; hasta me dijo: hijito. Pero el vivo es vivo y el muerto es muerto, manque naiden, ninguno tenga nombre.

Bebió un largo buche de agua en su tecomate. Hizo gárgaras y lo escupió sonoramente sobre el suelo. Una pequeña polvareda se levantó del piso de tierra. Las gotas quedaron clavadas firmemente.

El Encarnación Salvatierra no hubiera salido juyendo. El lo tiene su nombre que lo respalda. No necesita de nada. Pero yo sí corrí. Yo soy Benzulul. El es el Encarnación Salvatiera. ¡Me lleva el carajo!

Se levantó para prender el rescoldo. El café y el frijol y el maíz, esperaban al lado. Es hora del estómago.

Colocaba los leños entre las tres piedras negras, cuando sonaron golpes en la puerta. Se irguió rápidamente. De nuevo el hormiguear de las piernas.

—¿Qué...? —preguntó apagadamente.

—Abríme hijo.

Retrocedió hasta tocar con la gruesa espalda la pared del fondo.

No decía nada. Así se estuvo con el muro moldeándole la espalda. Los ojos negros abiertos hasta el dolor. La boca firmemente cerrada.

La puerta se abrió lentamente.

—¿Qué tenés hijo? Tas de mala cara. ¿Cómo te consentís?

Así dijo la Porfiria entrando al jacal. Al asentar el pie derecho, las arrugas de su rostro dibujaban una mueca de malestar. Sus blancas greñas, sucias de lodo, el envoltorio de la falda raída y magras sus viejas carnes; la Porfiria observó largamente todos los objetos, todos los pomos, todas las cosas del jacal, todo el miedo de Benzulul.

—Sos vos, nana Porfiria. Sentáte. ¿Qué querés?

La vieja se dejó caer al suelo. Depositó cuidadosamente, a un lado, un paquetito cubierto con un paliacate. Se mojó con saliva un dedo y lo untó trabajosamente en el talón del pie derecho.

—Te hablé hace rato, hijo. Por el camposanto. Vos saliste juyendo.

—No te oyí, nana —Benzulul se acercó al rescoldo y colocó los leños.

—Te hablaba pa que me ayudaras a caminar. Lo lastimé este pie con una espina de cuernito. Estaba buscando huesos de costía pa una limpia que me encargó el Eusebio. Luego lo sentí el dolor. Te vi pasar y te hablé. Me dolía el pie. Pero vos te juyiste.

—No te oyí, nana.

—Hasta los muertos me oyeron hijo. ¿Por qué tenés miedo?

—No sé. Me cundió de pronto.

—Sos miedoso.

—A veces. Cuando hay luna. Cuando hay frío. Cuando hay muertos.

—Dejá los muertos en paz. Preocupáte de los vivos. Ese es el peligro. Los muertos viven. Los vivos matan. La noche es larga, dura. Hay frío. Hay dolor. Hay gritos. Cuando asoma la madrugada, siempre hay nuevos muertos.

—También los muertos salen a buscar las hojas, nana. Vos me lo contaste.

—Así es, pues. Buscan sus hojas, frescas y mojadas pa envolver la semilla. Cuando falta el apelativo, se ponen las hojas. Así es.

—Yo no tengo nombre juerte. Cuando muera voy a salir buscando las hojas...

—Vas.

Benzulul puso el jarro del café al fuego y calentó las tortillas.

—No me siento juerte con mi nombre, nana. Es como ser caballo sin dueño. No es nada. Me siento con miedo. Se me sale el miedo de entre la ropa. Por eso nunca hago nada. Nunca platico. Nunca cuento lo que veo. Sé que no tengo defensa.

—Vos has sido siempre como conejo. No hacés nada. Todo te da calofrío. Sólo en el camino te sentís a gusto. Es lo único que sabés hacer. No querés tener nada. Ni siquiera has probado una mujer. Ni querés hijos. Se te murió el perro y no buscaste otro.

—Si no tengo nombre, ¿pá qué voy a hacer hijos? Luego también ellos, cuando se mueran, van a andar buscando las hojas. Y el perro no más tá avisando que hay un alma cerquita.

—El nombre no sólo es el ruido. No sólo es un cuero de vaca que te escuende. El nombre es como un cofrecito. Guarda mucho. Tá lleno. Son espíritus que te cuidan. Da juerzas. Da sangre. Según el nombre es el chulel que te cuida.

—Yo no tengo chulel, nana.

—Tenés; pero es chiquitío.

—Tenga —le alargó a la nana un poco de café y una tortilla.

—El chulel es como un jabalí. Corretea, gruñe, da miedo. Pero si le metés el cuchío se queda quieto, y es tuyo, y te lo podés llevar. Vos llevás uno. Si querés un jabalí más grande, nomás lo escogés y le enterrás el cuchío otra cuenta. ¿Me entendés?

—No, nana.

—Fijáte. El nombre se te metió en el cuerpo y te puso su nahual, con la sangre que sacó la Trinidad cuando te parió. Te tocó Benzulul. Si no querés ese lo podés cambiar. Te sacás el Benzulul con un poco de sangre. Luego lo metés al otro, el que querás. El chulel te cuida como si desde siempre hubiera estado contigo.

Benzulul se quedó en silencio. Bebió lentamente el café. La nana volvió a poner saliva en la herida de la espina.

—Quiero ser Encarnación Salvatierra. Es juerte. Es jodido. Es bravo. Quiero ser como el Encarnación, nana.

—Bueno. Lo serás el Encarnación. Sacá el cuchío. Poné el copal en la lumbre.

La nana se rascó las piernas y dibujó una sonrisa. Benzulul se levantó.

—¿Voy a ser igual que el otro Encarnación, nana? ¿Voy a ser juerte? ¿Voy a meter miedo? ¿Voy a estar lleno de paga? ¿Voy a llevar mujer? ¿Voy a contar todo lo que he visto en el camino?

—Vas, hijo.

—Aquí tá el cuchío. Aquí tá el copal. Aquí tá Benzulul, nana.

—Dame el brazo hijo. Persináte. Poné el copal. Aguantáte, pues. Virgen de la Muerte, Virgen del Dolor, San José del Grito, San Pablo de la Juerza...

La luna se perdió en un pinar de nubes. Tenejapa quedó a obscuras. La choza quedó a obscuras. Benzulul cayó en las sombras.

Los hermanos Salvatierra venían entrando al pueblo. Altos, morenos; musculosas manos guían las riendas de los caballos fogosos.

—Vamos a celebrar, Encarnación.

—Vamos. Nadie va a decir que el Encarnación Salvatierra es mal hermano. Y pa que veas, Joaquín, no sólo a vos invito, que también se vengan los acompañantes. Ya lo saben: primero el deber después el placer. Ya lo tronamos al marido de la Rosa. Ya voy a poder dormir tranquilo con la Rosa. Ahora a celebrar.

—Este Encarnación es un diablo. Mirá que echarse así nada más al Domingo pa quedarse con la hembra. Este Encarnación siempre tan ocurrente.

—Vanós pá la casa del Chema. Tiene trago.

—Vanós.

Desmontaron frente a la puerta de la cantina. Encarnación llamó, tocando con sus grandes manos.

—Abrí vos, Chema. Aquí está Encarnación Salvatierra.

Un silencio, roto únicamente por un ronco ladrido, contestó a los hombres.

—Abrí rápido, pues; no vaya a ser que te cuelgue de los huevos.

—Este Encarnación es ocurrente.

La puerta rechinó al abrirse. El Chema, abotonándose los pantalones les hizo el saludo.

—Pasa, hermano. Pasen, señores. Aquí es la casa de los amigos de Encarnación.

—Pa dentro pues.

Ruidosamente el grupo entró a la cantina.

—Siéntense muchachos. Yo el Encarnación Salvatierra, invito la botella. Pero cuidadito y no se la acaban porque los capo.

—Este Encarnación tan ocurrente.

La botella fue puesta en la mesa.

—Bonita luna hay esta noche, Encarnación.

—Había. Ya se metió en el nuberío. Capaz llueve.

—La indiada está resentida contigo, Encarnación. Los oyí ahora. Están bravos por la ahorcada del Martín Tzotzoc.

—A qué Chema tan blandito. Agradecido debe haber quedado el indio. Eso de quitarse de penas, así de romplón, sin que cueste nada, no cualquiera tiene la suerte de probarlo.

Una risotada interrumpió la libación.

—Este Encarnación siempre tan ocurrente.

Un relámpago quebró la noche, y los perros aullaron en todo Tenejapa.

—Oye Chema: Tá buena la Rosa, o no tá buena.

—Está buena.

—Pos ya sólo abre las patas pa mí, Chema.

—Este Encarnación siempre tan ocurrente.

—Oí Encarnación —terció el Joaquín Salvatierra— a ver si a ésta le sacás cría. Hay que ir haciendo hijos.

—Qué va, Joaquín. Pá qué. Entre más Salvatierras haya, peor pa nosotros. Como que se debilita la juerza del nombre y aluego no es garantía.

—Este Encarnación tan ocurrente.

El primer gallo anunció la hora. Los fogones empezaron a encenderse. Algunos jacales dejaban escapar ya el humo por los resquicios del techo.

La campana sonó con la primera luz.

Los grupos de mujeres avanzaron hacia el molino.

Los hombres iniciaron la marcha hacia las milpas.

Las viejas se dirigieron a la primera misa.

El Encarnación, el Joaquín y los acompañantes salieron de la casa del Chema.

Se oyeron los últimos mugidos de la ordeña.

La Porfiria abandonó el jacal de Benzulul.

Ese día, Juan Rodríguez Benzulul, amaneció distinto. Tenía alegría. Estaba contento. Se notaba fuerte. Más diablo.

—Ahora tengo chulel. La semilla tá salvada. Ya no voy a salir a buscar hojitas así que me muera. Ya no hay Benzulul miedoso. Ya no hay Juan que no dice lo que pasó en el camino. Benzulul se fue con la luna, como el tata conejo. Ahora soy el Encarnación.

Ese día se quedó en el pueblo. Ese día no fue al aserradero.

—Hombre con nombre tiene chulel galán. Hombre con chulel se manda solo. Hombre que se manda solo no tiene patrón.

Salió a la calle, y todo Tenejapa vio que el Benzulul era distinto, que el Benzulul había cambiado.

Se encontró con la Lupe y le propuso que se fueran juntos para el monte.

Le habló al Salvador Pérez Bolón y le quitó su dinero.

Bebió trago y gritó su fuerza.

—Aquí naiden tiene miedo.

A todos les dijo:

—Aquistá Encarnación Salvatierra.

Y todos le vieron con desconfianza.

—Aquí se va a decir todo lo que el camino sabe —gritó—, Encarnación Salvatierra no tiene miedo. Encarnación Salvatierra dice todo lo que ve. No escuende nada.

Y dijo todo lo que sabía. Lo que averiguó en el llano. Lo que vio en el río. Lo que le confiaron los rastros. Lo que la loma oculta. Todo lo dijo el Benzulul. Lo que siempre tuvo en el fondo, como piedritas redondas, lo fue dejando salir con fuerza.

—Es la acabalación del tiempo —gritaba—, ya las piedras son cerros. Y a los cerros naiden los detiene.

Los hombres miraron fijamente, asombrados, al Benzulul.

—No miren a los ojos porque se mueren —amenazó.

—Es ocurrente el Encarnación —dijo alguien en voz baja.

Todos supieron que era el Encarnación Salvatierra.

Tanto lo dijo, tanto lo oyeron, que se lo fueron a contar al otro Encarnación.

Todo el día Benzulul anunció su nuevo nombre. Quiso que todos conocieran que tenía pantalones. Que supieran que llevaba mágico cuidándole los pasos.

Todo el día lo anduvo gritando. Todos lo supieron.

Tanto lo dijo, tanto lo oyeron, que se lo fueron a contar al otro Encarnación.

La noche enfrió las piedras de Tenejapa. El camino estuvo triste. Las lomas, los árboles, las encinas y los conejos conocieron otro suceso aquella noche.

—Abrí Chema, o te capo.

—Este Encarnación siempre tan ocurrente.

La botella llenó las gargantas de los Salvatierra y de los acompañantes.

—Oí vos Encarnación. ¿A quién colgaste hoy en la tardecita? Me llegó el rumor.

—¡Ah qué gente tan chismosa! No pueden ver una cosita de nada porque luego luego a echar argüende.

—Cosita de nada. Ocurrente siempre el Encarnación.

——Fue al Benzulul que te colgaste, ¿verdad?

—No vayas a creer que lo ahorqué. Nomás lo colgué de los brazos. Fue que el muy maldecido me andaba robando el nombre. Y así uno se queda sin defensa. Si me hubiera robado un caballo, o un toro, o hasta la misma Rosa, tal vez ni le hubiera dicho nada. Me hubiera caído en gracia que se estuviera haciendo el macho. Pero quiso robar el nombre. Andaba diciendo que él era el Encarnación y eso no lo permito. A naiden se lo consiento.

—Bien dicho, hermano. Bien dicho.

—Por eso fue que me lo llevé pal camino. Al mismo roble que ya me conoce. Desde que lo saqué del pueblo empezó la aburrición. Que si él era respetuoso. Que si él no contaba no sé qué cosas. En fin, una bola de sonseras. Al fin se puso a chillar como una vieja. Harto chillaba. Por eso como que me empezó a entrar la lástima. Ya por no dejar, nomás me lo colgué, pero no pa ahorcarlo, de los brazos lo guindé nomás, pero luego me puse a pensar que a lo mejor seguía con las ganas de perjudicarme la defensa. Saqué el cuchillo y le arranqué la lengua para que no me ande robando el nombre. Allá lo dejé.

—Este Encarnación siempre tan ocurrente.

EL CAGUAMO

—El Primitivo es un mal hombre —decían en el pueblo las viejas y los arrieros.

Había tenido que irse de Jitotol desde aquella noche en que mató a su mujer, la Eugenia. Desde entonces fue que ya no pudo quedarse más. Por eso prendió fuego a su casa y rompió todas sus pertenencias.

Eugenia Martínez se llamaba la Eugenia. Era bonita y fuerte. Hasta la cintura le llegaban sus largas trenzas negras. Primitivo, desde que la vio, sólo en ella estaba pensando. No descansó hasta no verla trepada en la manzana de su montura, pasando a galope los últimos jacales del pueblo. Aquella noche empezó la desgracia del Primitivo.

Primitivo Barragán la vio por primera vez una tarde en que regresaba de la milpa. Estaba la Eugenia lavando ropa en las piedras del río; aquellas piedrotas que parecían grandes tortugas blancas.

—Hasta que jallé al venao —se dijo Primitivo.

Quiso hablarle allí mismo. Que desde ese momento supiera por qué a Primitivo Barragán le decían el Caguamo. Quiso llevársela de una vez para su casa.

La vio largamente. Sus pechos desnudos, fuertes como naranjas. Sus brazos, hechos para el trabajo y la caricia.

Sus gruesas piernas bajo la falda mojada. Así la estuvo viendo hasta que se decidió a hablarle.

Cuando ella le vio venir, se cubrió los pechos con el huipil colorado que había puesto sobre un matorral cercano; uno de esos matorrales que se han cambiado a la orilla del río porque ya conocen la época de secas.

—Qué pasó, Eugenia. Ya me habían dicho que así es como te llamás. No había pierde: ojo color de zacate bueno, tiene la Eugenia, me dijeron en la tienda de Joaquín. Y por aquí vos sos la única ansina.

La muchacha no contestó nada; ni le vio a la cara siquiera. Continuó lavando.

—Quería decirte que si querés jalar pa mi milpa y pa mi casa, pues de una vez vámonos encaminando. Hay que ser aprevenidos pal tiempo de aguas que es cuando se enfría la madrugada. Y luego no hay nadie pa estar platicando. Vos me gustás mucho y quero que te vengás conmigo. ¿Qué decís?

Eugenia recogió la ropa y corrió hacia el pueblo sin contestar. No dijo una palabra. Cuando dobló la vereda, por el palo de alcanfor, volteó la cabeza y sonrió. Pero no se detuvo ni dijo nada.

—Ansina ta mejor. Caballo que se deja montar a la primera es bestia que no tiene brío. Cuanti más si es potranca. A ésta hay que acostumbrarla antes de echarle la pierna. Ta mejor ansina.

Primitivo Barragán pensó en mujer toda la noche. Amaneció con la boca seca. Bebió café y ensilló a Sombreado, el caballo negro. Paso a paso se dirigió a la milpa. Siempre había querido tener la mejor parcela de los alrededores. Su tata le había enseñado el cariño a la tierra y a las grandes hojas del maíz —Machetón sin filo ni maldad—, decía. Y esto es cosa que no se olvida ni después de muchas secas. El tata había muerto hacía ya dos años. Lo mató Ramiro Zozaya; pero antes de boquear el tata le cerrajó un tiro en la frente con el "30", ese mismo "30" que el Caguamo aceitaba todos los sábados después de regresar de la cacería. Dicen los que vieron caer a Ramiro Zozaya (Primitivo no estaba en el pueblo) que murió con la frente abierta como por un machetazo. El tata era bueno para manejar la carabina y no era cosa de dejarse matar así nomás. Tanto que había aprendido en la bola sobre cómo matar gente, no podía olvidársele de un jalón. Esto pasó hace dos años, y Primitivo no olvidó nunca a su padre, no olvidó nunca el buen sudor, oloroso a abono, que corre por la espalda con el esfuerzo de la tierra, y trabajaba más que ninguno en Jitotol.

Pero aquel día no quiso hacer nada. Llegó a la parcela y ni siquiera agarró la coa. Aquel día no quiso hacer nada. Se quitó la camisa y la arrojó, junto con el machete, a un lado. Se acostó a la sombra de un guanacaste y se acarició perezosamente el pecho.

Si sigo sin probar la Eugenia me voy a fregar. No me da ansia de hacer trabajo ni de cuidar las milpitas questán saliendo apenas. Sólo quero a la Eugenia. Pa qué voy a estar sobre la tierra si no puedo estar con ella. Me tiene como caballo reventado; puro suspiro y sin jalar macizo.

Cuando el sol ya no se vio sino por encima de las últimas ramas del guanacaste, Primitivo montó en Sombreado. Tomó el rumbo del pueblo procurando pasar por el recodo del río donde la Eugenia había estado el día anterior. Allí estaba nuevamente. Ahora ya no tenía los pechos al aire; llevaba un hermoso huipil bordado y se había peinado sus grandes trenzas con uno de esos listones amarillos que vende don Joaquín.

—Ahora es cuando —pensó Primitivo.

Se acercó sin desmontar, hasta donde estaba la muchacha. Le vio a los ojos y ella sonrió. Así se estuvieron sin decir palabra hasta que las voces de otras mujeres se acercaron por la cañada.

—Mejor es que te vayás, Primitivo. Entre la gente que viene está mi nana. Si te ve se lo dice a mi tata y ya ves como es de bravo. Capaz que te reclame.

—Ah, qué la Eugenia. Hasta que te oyí de hablar. Y ya que es la oportunidad, te digo que anoche no pude dormir pensando en vos. Ya era muy noche cuando quedé. Recordé con el aviso del gallo y entoavía te sentía. Y de una vez, pa que lo sepás, estoy pensando que lo mejor es que te lleve pa la casa. Si no, solo voy a estar como torcaza, piensa y piensa, y no voy a atender las siembras ni los animales. Y si el viejo Martínez es tan bravo como decís, pos que se enoje de una vez por algo bueno.

Eugenia se levantó y sonrió con aquellos sus dientes que parecían granitos de arroz alineado.

Cuando aparecieron las mujeres que venían a lavar, Primitivo se perdió en el camino. Eugenia le vio irse con la sangre abultada.

El Caguamo Barragán era hombre estimado. Se le reconocía su empeño en las labores, su hombría y su gran honradez. Recordaban cómo había recobrado las vacas que los abajeños quisieron robarle el año pasado a doña Matilde. El las encontró por allá, por el rumbo de Tapilula, y desde ese lugar se trajo amarrados a los dos ladrones y al ganado completo. Hombre honrado era Primitivo y en Jitotol y las riberas era conocido y respetado. Primitivo Barragán no había matado gente, ni había robado, ni siquiera peleaba en la cantina, ni rompía botellas a balazos. No tenía enemigos. Primitivo Barragán era hombre cabal; eso sí: todo mundo sabía que el olor de mujer lo encabritaba y que luego luego agarraba camino para buscarlas. Por eso es que, por mal nombre, le decían el Caguamo.

Llegó al pueblo en la tardecita, a la hora de la última contada del ganado. Las muchachas estaban entrando a la iglesia y allí iba la Eugenia. Se cruzaron la vista y Primitivo hizo bailar a Sombreado enfrentito del atrio.

A esa hora ya las moscas están buscando acomodo. Ya no molestan con su manía de pararse en la cara de la gente. Los que hacen enojar son los zancudos. Y en la tienda de don Joaquín es peor; la lámpara de gasolina los llama y se están vuela que vuela y picando a los que están por allí.

Primitivo entró a la tienda de don Joaquín y pidió un trago. Le gustaba sentir cómo el comiteco le rebotaba adentro como si fuera el agua de una cascadita.

No quiso hablar con nadie. Ni siquiera con don Jacinto. Se le vio espantar los zancudos nada más; y la garganta que le subía y le bajaba en cada toma de aguardiente.

El viejo reloj de campana, que don Joaquín luce orgulloso al lado de los pomos de brillantina, marcó las siete. Primitivo pagó con un billete húmedo y viejo.

Dijo adiós tocándose el ala del sombrero con su mano derecha.

Eugenia salió de la iglesia; al verlo, desvió el rumbo por la casa de doña Asunción. Primitivo alcanzó a ver los nervios de la muchacha al pasar por el quinqué de don Epitacio.

El Caguamo echó a trotar su caballo por la calle. Los cascos sacaban luces del empedrado: mazorca de la calle graneada de lajas.

Alcanzó a la Martínez por allá, por la cerca que tiene un palo de tamarindo. Allí le habló. Sólo don Magín González, que había salido a darle agua a sus bestias fue testigo. Vio cómo la Eugenia se reía de las cosas que le decía el Caguamo. Vio cómo él bailaba su caballo. Vio cómo la Eugenia se le fue acercando y cómo el Primitivo la tomó de la cintura con su brazo izquierdo (aquel brazo izquierdo al que tata Barragán enseñó a manejar la pistola igual que el derecho). Vio también cómo la alzaba hasta la manzana de la silla. También vio cómo le ponía la mano sobre los pechos cuando empezó el galope. Sólo don Magín González vio todo esto. Hasta que se perdieron por las últimas casas, lo estuvo viendo. Y él mismo se encargó de avisarle al viejo Martínez que la Eugenia había agarrado camino con el Caguamo.

Y allí empezó todo lo malo para Primitivo. Allí empezó a ser lo que ahora es. Allí empezó a irse por el camino chueco. Allí empezó a matar.

Primero fue al viejo Martínez.

El viejo Martínez le puso una emboscada. Estaba

echando espuma por la boca desde que supo que el Primitivo se había llevado a su hija. No comía sólo de pensar que el Primitivo dormía con la Eugenia.

Al principio, realmente, el viejo no se enrabió tanto. Era una molestia que la Eugenia se hubiera ido así nada más, sin avisar, como si fuera una gallina que ya le anda por hallar al gallo. Era cosa muy de ver que la Eugenia quería hombre. Su natural se lo exigía. Ya estaba reventándose. Pero pudo haberle avisado a sus tatas para que arreglaran todo. Y aun así, la cosa estaba bien; pase esto. El Primitivo era un buen hombre; trabajador y honrado. Hasta en fuerza estaba bueno. Todo se hubiera compuesto y la gente se hubiera olvidado de que el Caguamo se la llevó sin dar aviso. Todo se hubiera arreglado. ¡Palabra que todo hubiera salido derecho!

Pero luego empezaron las habladas. La gente inventó cosas que dizque decía el Primitivo: que la Eugenia no era hija del viejo Martínez. Que él había visto el lunar que es marca de la familia de don Alfonso, el arriero; el mismo lunar que aquél lleva en la barriga, ella lo tiene, sólo que un poco más por abajo. Eso decían que el Caguamo andaba contando.

Luego dijeron que el Primitivo hacía caminar desnuda, por el camino, a la Eugenia, para que todos vieran el lunar.

Luego le fueron con el chisme, de que el Caguamo decía que no solo con don Alfonso había tenido que ver la nana Martínez. Que también con don Crescencio el de la finca "El Suspiro", y que con don Rodrigo Yáñez el juez de Tapilula se había ido a pasar unas noches, para arreglar no se qué asunto pendiente del viejo Martínez. Y que hasta con el cura de Ixhuatán había vacilado.

El viejo ya no se aguantó. Toda la gente decía los chismes. Le empezó a dar rabia. Ya no soportaba que la Eugenia viviera con el Primitivo Barragán. Empezó a contar que el Primitivo era hijo de una vieja alegre de Tapachula. Que le quedaba muy bien el apellido porque Barragán quiere decir hijo de querida. Y también contó que lo iba a matar. Que lo iba a venadear. Tanto lo dijo, que ya no pudo echarse para atrás.

Se escondió detrás de unas piedras al lado del camino. Allí esperó el paso del Primitivo. Era la única vereda de la milpa a la casa del Caguamo. A fuerzas tenía que llegar. En ese lugar estuvo esperando el viejo Martínez.

Acariciaba, nervioso, la escopeta de chispa que le había prestado su compadre Herminio, el del rancho "La Buena Fe". Buena escopeta era esa. Ya antes la había usado para matar a Gregorio López, aquel arribeño que quería quitarle una mujer que tenía en Pueblo Nuevo. También la había usado para tirar venados en las cacerías.

Todo el día había estado preparando la carga para la escopeta. Pura posta grande había escogido, y pólvora bien fina, alemana, de paquetito verde, para que no fuera a salir con su domingo siete. Para que de una vez quedara muerto el Caguamo. Para que se lo llevara el diablo de un jalón. El Primitivo era muy hombre, muy valiente, y si quedaba herido podía rebotarle la suerte. Como pasó a la mera hora.

Todo el día estuvo pues el viejo Martínez arreglando la muerte del Barragán. Asoleó bien la pólvora para que estuviera bien seca y lista para el chispazo. Pesó bien la carga. Taponeó con ixtle escarmenado el cañón de la escopeta para hacer el primer taco de pólvora. Puso las postas revisándolas cuidadosamente, como si estuviera comprando cuentecitas de vidrio en la feria, para que ninguna estuviera defectuosa. Hasta le puso un huesito de muerto que diera la buena suerte. Todo lo hizo con esmero. Que nada quedara a la mano de Dios. Así fue que preparó la muerte del Caguamo.

De pronto le empezaron a temblar las piernas. Primero muy poco y después muy fuerte. Un sudor frío le corrió la frente y se le fue a meter por todo el cuerpo. Cualquier ruido lo hacía saltar. Ese estar esperando al Caguamo era interminable.

—Cuándo pasará el maldecido para que ya todo acabe de un tirón.

El viejo sintió que le faltaba el ánimo. Este muerto no sería como el de Pueblo Nuevo. Entonces estaba más joven y además había amigos cerca. Y era de noche y aquél venía borracho. Ahora el Caguamo era el del turno, y era fuerte el condenado. Tenía que romperle la cabeza o el pecho para que cayera bien; si no, podía salir perdiendo, como sucedió al fin de cuentas.

—Si tan sólo estuviera ya encañonado... galán va a dar la machingüepa desde el caballo.

Echó saliva en el grano de puntería.

Sentía un peso en la boca del estómago que le subía hasta el pecho. Creyó que no podría mover las manos. Probó y vio que le sudaban y estaban gomosas. Ya no sentía los testículos. Se limpió el sudor de la frente para que no le cayera en los ojos.

—Que ya venga el Caguamo; que asome de un jalón.

El cuero del dorso se le pegaba a las costillas y le oprimía los pulmones. Tenía fría la nariz y los dedos. Quiso hacer una necesidad pero tuvo miedo de que el Primitivo asomara en ese momento. No se movió.

—Maldecido Caguamo. ¿Cómo habrá averiguado lo de don Alfonso? Si no fuera por eso le perdonaba el tiro. Que ya pase de una vez...

El viejo volvió a revisar la escopeta. Tuvo un sobresalto por el brinco que dio, en el matorral, un zanate. Casi dispara a lo loco. Trató de calmarse.

Quiso fumar pero no tenía tabaco y el papel solo no sirve. El peso del estómago aumentó y le empezó a doler la cabeza.

Nervioso estaba el viejo Martínez cuando oyó los cascos de Sombreado. Se puso a temblar; tenía miedo. Y eso fue lo que le perdió. No tuvo calma a la mera hora.

Apareció por el camino el Primitivo Barragán; venía silbando y acariciaba el cuello de su caballo. El Sombreado estaba como presintiendo algo porque bufaba de pura nerviosidad. El Caguamo creyó que habría tigre cerca y sacó el "30".

Primitivo no se dio cuenta de cómo fue. De repente oyó el bramido de la mechera. Sintió un ardor en el brazo derecho. El Sombreado pegó un respingo y cayó de lado. Movía las patas de un modo terrible. Primitivo rodó hasta unas matas de chaya que se le encajaron hasta el alma; pero él ni siquiera sintió el ardor. Desde allí vio cómo el viejo Martínez se acercaba con el machete en alto para rematarlo. Sintió que el brazo le dolía. Vio a Sombreado muerto. El viejo se acercaba decidido al golpe. El Caguamo tomó el "30" que había rodado junto con él; fue más rápido que el viejo. Disparó el rifle y el tata Martínez dio una voltereta. Todavía, ya en el suelo, el Primitivo le disparó dos veces más. Pero ya no era necesario. Al viejo se le había abierto la frente desde el primer disparo. Ni siquiera se movió cuando cayó.

Primitivo se acercó al muerto. Le vio la cabeza. Allí estaba la marca; el mismo blanco que hizo el tata Barragán en el Ramiro Zozaya. El tata Barragán había enseñado todo a su hijo; hasta a matar, sin que él se propusiera enseñárselo. El brazo le dolía más. Sintió miedo por lo que había hecho. Le repugnaba pensar que había matado a un hombre, a un cristiano, al viejo Martínez tata de la Eugenia. Había sido hombre de orden el Primitivo y ahora ya debía una muerte. Sintió un escalofrío pero sonrió al ver al viejo todo sucio por el polvo del camino y con los pantalones mojados por el último susto.

Sombreado estaba muerto también. Primitivo hubiera llorado si no fuera por la rabia. Quiso quitarle la montura pero le fue imposible por la herida del brazo. Si no fuera porque su tata le había enseñado a usar la zurda igual que la derecha ahora estaría muerto. Fue con la izquierda con la que apuntó la boca de la carabina a la cabeza del Martínez.

Llegó a su casa todo sudado. El brazo sangraba y le dolía. La Eugenia le curó sin preguntarle nada.

En el pueblo se dijo que el Caguamo había matado

al viejo Martínez. Lo había venadeado. Lo quiso matar para que el rancho del viejo pasara a propiedad de la Eugenia y él fuera el dueño. Por eso lo había matado dijeron en el pueblo. El viejo todavía pudo disparar y mató al caballo del Caguamo, pero éste lo remató con un tiro en la frente. Ese fue el mortal. Así dijeron en el pueblo.

Ya nadie se acordó del Primitivo Barragán que había traído presos a los abajeños ladrones de ganado; ya nadie se acordó del Primitivo Barragán trabajador. El Caguamo es un asesino. El Caguamo es un mal hombre. Así fue como se dijo en Jitotol.

Así empezo la desgracia del Primitivo Barragán.

Nada de esto supo la Eugenia sino hasta aquella noche, dos días después de la muerte del viejo Martínez, en la que quisieron apresar al Primitivo. Ya estaban acostados, clarito oyeron el ladrido del Catrín, luego, más quedito, un moverse de pies sobre la tierra del corral.

Primitivo se levantó de un salto. Sintió el olor de la muerte que se le metía por las narices, igualito que si le sonaran una patada en la cara. Agarró el "30" y espió por la ventana. Vio a los tres policías del pueblo que se acercaban con las carabinas listas; los vio cómo se ponían a cubierto, dos atrás de la canoa de sal para la vaca y el otro en el bramadero. Oyó una voz, la del Lorenzo Méndez cabo de policía, que le gritaba:

—Date preso, Caguamo. Te venimos a agarrar por la muerte del viejo Martínez.

La Eugenia pegó un respingo y empezó a dar de gritos. Y fue de un jalón que lo averiguó la Eugenia.

El Caguamo, el que le había dado el hijo que ahora llevaba madurándole la sangre, fue el que venadeó a su tata.

El Primitivo le dio un golpe para que se callara, pero ella gritó más. Tuvo que pegarle fuerte para que quedara en silencio. Cuando volvió a la ventana se dio cuenta que sólo el Lorenzo Méndez, cabo de policía, estaba en el mismo lugar, en el bramadero; a otro que asomó la cabeza, lo descubrió más oculto en la canoa. Pero al tercero no pudo encontrarlo.

Lo vio de pronto ya muy cerca. Allí nada más por el palo de cupapé que el tata Barragán sembró para darle fresco al corredor. Vio también cómo levantaba la carabina y de pronto, el disparo ronco y seco. La bala rompió una esquina de la ventana en donde estaba Primitivo.

Supo que iban a matarle. No podría convencerlos de la verdad. Supo que no había más remedio; había que defenderse. El del palo de cupapé volvió a disparar; el plomo pegó adentro de la casa e hizo pedazos el jarro del café. Vio que el Lorenzo Méndez también disparaba y tuvo que decidirse. Le disparó primero al Lorenzo, cabo de policía, que desde el bramadero gritaba que tiraran a dar, y fue el primero que cayó.

El del palo de cupapé quiso regresarse a la canoa pero la muerte lo agarró por la espalda y quedó boca abajo, antes de llegar.

El otro salió huyendo. El fue el que dio parte en el pueblo de la muerte del cabo Lorenzo Méndez y del policía Remigio Pérez.

En Jitotol creció el odio a Primitivo. Todos hablaban de él. Todos le maldecían. Dijeron que desde siempre fue malo. Que desde siempre fue un asesino. Su tata también había sido malo; también había sido asesino. Dijeron que desde chico ya Primitivo era de mala sangre: robaba en la iglesia, mataba gallinas a pedradas, golpeaba a los perros con un leño.

Primitivo Barragán estaba amolado. Todo cambió de pronto. Primero la muerte del viejo. Ahora la de los policías. Y él no había querido matar a nadie. El quería seguir siendo como fue hasta el día en que se robó a la Eugenia. Quería que le dejaran tranquilo en su milpa, en su casa y entre las piernas de la Eugenia. Que no lo hicieran seguir pecando.

—Honrado soy y quiero seguir así. Hombre de ley fui yo, y no quiero condenarme más. Nunca quise desgraciar cristianos. Me han buscado y tuve que romperlos pa que me dejaran. No quiero que me sigan buscando. Soy gente de orden. Déjenme aquí tranquilo. Pronto va a parir la Eugenia, cuestión de que se tapisque la cosecha y quiero que mi hijo nazca bueno, que no le digan que seguí matando.

Esto dijo Primitivo al hombre que llegó a su rancho a levantar a los muertos ese mismo día.

—Decí en el pueblo lo que te he confiado —gritó todavía al que se alejaba con los dos cadáveres atravesados en el lomo de una mula.

Nadie creyó sus palabras en Jitotol. Todos escupieron su nombre. Dijeron que era un maldito y, para acabarla, un desgraciado mosca muerta. —Un **desvergonzado es el Caguamo.**

Pero no hubo nadie que quisiera ir a apresarlo. Le tenían miedo. Ya su nombre daba miedo. Primitivo Barragán, el hombre querido y estimado se convirtió, en una semana, en el odiado y temido Caguamo Barragán. Pero nadie quiso ir en su busca; esperaban que la escolta federal pasara su visita dentro de un mes para que ellos le aprehendieran.

La Eugenia cambió todita. Ya no era la misma. Antes llegó a querer mucho al Primitivo. Se le hacían cortas las noches cuando su hombre la besaba hasta al amanecer. Se le había dado entera; como está escrito que sea. Enamorada estaba la Eugenia. Pero desde aquella noche de los policías, la Martínez cambió.

El recuerdo de la muerte del viejo le mordía los pezones. Y cuando sentía los brazos del que lo había matado, se le enchinaba el cuerpo y le daba rabia. Ya ni quería dormir con el Primitivo. Quiso quedarse en un rincón de la casa. Allí la fue a buscar el Caguamo y no la dejó sino hasta la madrugada. La Eugenia lloraba mucho.

Quiso irse varias veces, pero el Primitivo la encontró siempre a tiempo para obligarla a volver. Ya no era vida la que llevaba la Eugenia Martínez. Y el Caguamo, picado por sus desprecios, tampoco podía estarse quieto.

Muchas veces el Primitivo quiso explicarle cómo ocurrió la muerte del viejo, pero ella nunca quiso creerle.

—Vos sos el que mató al tata, y yo no quiero dormir contigo —eso era lo único que le importaba.

—Oi, Eugenia: Yo no te traje a la juerza a mi casa. Los dos pensamos en que te vinieras porque nos moríamos de las ansias. Te quero mucho; y más ahora que tenés adentro mi hijo. Pero por la misma razón de que te quero y de que no te traje a la juerza no voy a tenerte obligada. Si ya no querés estar conmigo, te aseguro que en cuanto nazca el chiquitío te llevo pa tu casa. Lo que me interesa es el chiquitío. El me ayudará a ser bueno. En cuanto nazca, te llevo pa Jitotol. Pero mi hijo se va a quedar conmigo. Al fin que vos no lo querés porque lleva mi sangre, como me dijiste anoche. Hasta dijiste que es sangre maldita. Palabra que me dio harto sentimiento y muina. Si no hubiera sido por el que tenés adentro te hubiera matado y ahorita estaría yo más maldito todavía. Vos sabés Eugenia que no soy malo. Ellos me han hecho matar. Empezando por el viejo, tu tata. Vos no lo querés creer pero así es.

Esto le dijo una mañana el Primitivo a su mujer. Así fue como se lo dijo.

La Eugenia no contestó nada. Se quedó callada y empezó a llorar. Sólo llorando estaba desde la noche en que se murieron el Lorenzo Méndez y el otro.

El Caguamo no quiso quedarse más tiempo allí. Se fue para la parcela sin tomar café, sin esperar las tortillas, ni nada.

En la milpa trabajó todo el día. Desde que supo que la Eugenia y él habían hecho un hijo trabajaba más. Quería que el muchachito tuviera de todo. Que nada le hiciera falta. Por eso se estaba todo el día en la parcela cuidando las matas de maíz y frijol.

Allá se estuvo hasta que el sol se metió en el cerro.
—Es una alcancía en que los ángeles meten todos sus ahorros del día —dijo sonriendo Primitivo. Los pájaros buscaron ramas en los árboles y el Caguamo los veía

feliz. Estaba contento. Hizo planes para vender la milpa, después de la cosecha, e irse por aquellos cerros donde la montaña es tupida. Allá la tierra es mejor todavía. Es cosa de desmontar nada más. Y no hay peligro de que lo obliguen a seguir matando. Podría tener el doble de tierra y entonces su hijo sería rico. Así pensaba el Caguamo mientras veía sus tierras.

Cuando el sol se perdió, atrás del cerro, el cielo se puso rojo, y las nubes se pusieron rojas, y la serranía de enfrente estaba como sangrando. Primitivo tuvo un estremecimiento.

—Sólo sangre veo desde que troné al viejo Martínez. Que se pudra... —escupió el Caguamo, y tomó el regreso.

Ya no había caballo para él. Ya no había saludos para él. La gente se escondía cuando él asomaba. Ya no había amigos ni compadres. Ya no había aguardiente en la tienda de don Joaquín. Ya no había amor en los brazos de la Eugenia. Ya no había nada. Sólo estaba el hijo; y era suficiente.

Cuando llegó a su casa llamó a su mujer; nadie contestó. Sólo Catrín estaba. La buscó por toda la casa y el corral, sin encontrarla. Sólo el Catrín estaba.

Buscó por todos los alrededores gritándole a la Eugenia. Al fin, la divisó entre unos matorrales a la orilla del arroyo. Le gritó pero no le contestó. Corrió hasta donde ella estaba.

Sintió un chorrito frío que le bajaba de la espalda cuando llegó. Quiso gritar pero no pudo.

La Eugenia estaba tirada en el matorral. No tenía la falda. Sus gruesas piernas estaban manchadas de sangre; y all' sin moverse, ni hacer nada, como muerta. No hablaba. Sólo de vez en cuando, como que quería quejarse o llorar.

Primitivo sintió miedo. No sabía qué había pasado pero sintió miedo. Le habló y nada contestó la Eugenia. Lavó sus piernas y su vientre con el agua del arroyo y la llevó en brazos hasta la casa. Vio que tenía cerrada la mano derecha. Se la abrió con cuidado y cayeron unas hojas ya marchitas.

Se estuvo cuidándola hasta que la Eugenia empezó como a querer revivir. Le dio agua y secó el sudor de la frente.

Poco a poco la Eugenia se fue reponiendo. El no quiso preguntarle nada. Sólo quería que descansara.

De pronto la Eugenia comenzó a reirse como una loca, y a gritar, y a llorar, todo al mismo tiempo. Primitivo trató de calmarla.

Debe de haber sido por eso de las dos de la mañana porque ya los gallos estaban cantando cuando pasó todo esto. La Eugenia habló:

—Me vengué Primitivo, me vengué...

La miró extrañado sin comprender nada.

—Me vengué Caguamo...

Eso fue como un chicotazo para Primitivo. Estaba bien que en el pueblo le dijeran Caguamo, y él, a veces se decía así cariñosamente. Pero que lo dijera su mujer, ya era otra cosa. Sin embargo, se estuvo quieto.

La cara de la Eugenia estaba toda sudada y se agarraba el vientre y hacía muecas que Primitivo veía nervioso.

—Me vengué Caguamo... Vengué a mi tata... nada querías tanto en el mundo como a tu hijo. Sólo por él me tenías aquí. No me dejabas regresar a mi casa nomás por él. Por eso me comí hoy la hierba para matarlo. Por eso lo saqué antes de tiempo. Me vengué Caguamo... tiré a tu hijo al arroyo. Ahora debe de ir por casa del diablo... me vengué Caguamo...

Así dijo la Martínez y se empezó a reir.

Primitivo sintió que le rompían el espinazo. Se quedó parado, como tonto, como venado cuando le echan la linterna.

De pronto se volvió loco. Se le echó encima a la Eugenia y la golpeó hasta que le sangraron las manos. No sabía lo que estaba haciendo. Tenía los ojos como los de los ahogados en el río. Después sacó el cuchillo que tenía para beneficiar los animales en las cacerías, y con él se le fue otra vez encima a la Eugenia.

Dicen los que la encontraron, a los dos días, que no tenía nada sano en la barriga. El Caguamo la vació todita. ¡Quién sabe cuántas veces enterró el cuchillo y todavía se lo dejó adentro! Sepa el diablo cómo no se quemó la Eugenia, porque el Caguamo prendió fuego a la casa y rompió todo y mató al becerro que estaba en el corral y a la vaca que lamía la sal en la canoa. Hasta a su perro el Catrín le pegó un machetazo; todavía lo hallaron agonizando. Como decía, quién sabe cómo no se quemó Eugenia: donde estaba el petate en que la encontraron fue lo único que respetó el fuego.

El Caguamo agarró camino para la montaña. Sólo muy pocos supieron en donde estaba, y no lo dijeron nunca. La tropa llegó y no pudo prenderlo.

Primitivo se fue a la selva. Se quedó en uno de los cerros más altos. Abrió un claro en la montaña y allí sembró maíz, lejos de todos los que le conocían. Trató de que nadie supiera nunca nada, ni lo que era ni lo que había hecho. Se portó como hombre de ley, que así le enseñó a ser el tata Barragán; y así hubiera sido hasta que se muriera si no es por el viejo Martínez. Pero aquí nadie sabía nada.

Primitivo Barragán vio volar los primeros pájaros. Tomó entre sus manos un puñado, oloroso de tierra y lo amasó largamente. Tierra conocida por sus ojos la que tenía juguetéandole los dedos.

Aquel fue un amanecer limpio y claro como el agua del vertiente. Primitivo vio, desde la puerta de su jacal, cómo la luz se abría, poco a poco, entre las ramas de la selva que le rodeaba.

Desde donde estaba podía dominar mucho terreno con la vista. Había escogido el cerro más alto para estar siempre listo y prevenido. Todo lo veía. El mismo vallecito de Jitotol era visible, y cuando había buen tiempo, como ahora, y forzaba tantito la vista, era capaz de ver su terreno abandonado y aun el manchón negro de su casa derribada por el fuego. Y esto lo ponía triste y un temblor de huesos le traía recuerdos malos.

Dos años tenía en esta nueva tierra y sus pocos vecinos lo estimaban; sobre todo el viejo Bruno Farrera. Nadie tenía noticias de lo que pasó en Jitotol; de lo que le cayó de pronto al Caguamo como un cuervo sobre los hombros. Nadie sabía nada.

No quiero volver a hacerlo. Ese sudor pegajoso y la sangre rebotando como piedras; ese susto que da el andar matando no quero volverlo a sentir. Que me dejen quieto. Que me dejen solo y seguiré siendo hombre bueno. Ellos me hicieron creminar y pueden volver a hacerlo, pensaba el Caguamo viendo hacia Jitotol.

El temor comenzó a llenarle los muslos todos los días. Vivía como asustado. Siempre con los ojos colorados como con calentura.

Todavía esperó la llegada del tiempo de cosechas. Levantó la tapisca y después rompió los jarros y los horcones de su choza y agarró camino rumbo a tierra caliente, para la costa.

Antes de irse dejó su cosecha y su "30" en la puerta del viejo Bruno Farrera; regalo de amigo a amigo que es el que agradece. Nadie le vio irse y todos sintieron pena cuando no lo encontraron.

El Caguamo tomó camino sin rifle y sin nada. Se fue huyendo de sus muertos. Se fue huyendo de su hijo, de la Eugenia, de Jitotol, de él mismo. El Caguamo —Primitivo Barragán—, se perdió de todas sus conocencias.

VIENTOOO

El Matías estaba con el aburrimiento prendido de los labios. El mal tiempo había llegado quince días atrás, y desde entonces, no había dejado de caer esa agüita tonta y desesperante que pone de mal humor a los hombres y a los animales. Los cerros se habían perdido desde dos semanas antes en una neblina espesa venida de quién sabe dónde.

—Vientooo... Vientooo...

Sentado a la puerta de su jacal veía pasar a las bestias que se hundían hasta la barriga en el lodo del camino; los arrieros, con el coraje bajándoles junto con el agua que resbalaba de los sombreros, veían a Matías impasible en su observación del cielo, del tiempo, de los trabajos, de las lluvias, de los vuelos húmedos y nerviosos de las grandes aves carniceras.

Nada era demasiado importante para que Matías abandonara su oficio de observador del agua. Ya no aguantaba esto de tener que pasarse metido adentro de la casa, aguardando a que el día menos pensado el sol alumbrara estos campos de Solosuchiapa, y el calorcito ahuyentara la humedad que todo impregna. El gusto que da, durante el primer día de sol, salir a la montaña para gozar las gruesas bocanadas de vaho que se elevan desde los troncos derribados o desde los montones de enredadera podrida; ese gusto ya hacía tiempo que no se disfrutaba por estos lados.

—Vientooo... Vientooo...

Matías llamaba al viento del Sur para que se llevara al temporal para allá, para el rumbo de Pichucalco. El viento, que todo puede hacer, mover los guanacastes más pesados, avisar al venado que el tigre o la escopeta se encuentra cerca, el viento que sanea los campos cuando hay mortandad y que también mete ceguera de agua en los ojos de los enfermos, el viento que ayuda a las mujeres embarazadas ciñéndoles el vestido al vientre, ese viento que todo lo puede, también va a llevarse al chipi chipi.

—Vientooo... Vientooo...

Matías llevaba toda la mañana gritándole al tiempo. Su pequeña figura, recia y morena, se destacaba a un lado de la puerta de su jacal junto a las matas de perejil que sembró la Martina, su mujer, antes de morirse.

Matías no tenía edad. Desde siempre había estado igual. Desde siempre había vivido allí, con su misma casa y su mismo alboroto en los cabellos. Los más viejos lo recordaban de la misma manera: con su calzón blanco, de manta de tres pesos metro, manchado con pringas de plátano macho. Don Rosendo Juárez, el que vio cuando pusieron la campana de la iglesia de Solosuchiapa, cuenta que el Matías tiene la misma facha con la que lo conoció. Hasta los tres dedos que le faltan en la mano izquierda ya los había perdido en aquella época.

Matías nunca ha tenido patrón. Siempre se mandó él solo. Desde antes que asomara la trompa de Amado Gutiérrez, dando libertad a los peones, en el año trece, ya el Matías era dueño de sus diez hectáreas. Ni don Rosendo Juárez se acuerda cómo fue que se plantó en estas tierras, situadas entre El Horcón y La Malinche.

—Vientooo... Vientooo...

Matías nunca tuvo prisa. Si era necesario esperar quince años para comprar la dinamita suficiente para volar las piedras que estorbaban el camino, Matías no se desesperaba. Aguardó tres años para recoger el cadáver de su hijo Quinto, que le mataron en la montaña. Cuando le avisaron, se fue a donde había caído. Lo vio acabando de morir, fresco aún, hasta calientito de la nuca todavía; pero allí lo dejó. No lo quiso enterrar sino hasta tres años después, el día en que, para vengarlo, le metió los veintisiete machetazos del culto a Pancho García que fue quien madrugó al pobre Quinto. Fueron veintisiete machetazos porque esos son los días que tiene la luna llena, y porque esa era la edad del hijo Quinto, y por que a veintisiete leguas, montaña adentro, está el templo de San Miguelito. Tres años esperó para vengar al hijo. Tres años después fue cuando se encontró con el asesino. Hasta ese día enterró al pobre Quinto y entonces sí le prendió sus velas, y le quemó copal, y su mujer, la Martina, rezó el rosario, y él le tocó la guitarra y le cantó las golondrinas y regaló a los invitados, dos garrafones de comiteco.

Así era el Matías; nunca tuvo prisa. Y ahora ya tenía toda la mañana llamando al viento del Sur para que se llevara el aguacero.

—Vientooo... Vientooo...

Las mujeres de Solosuchiapa le tenían rencor al Matías; también le tenían miedo. No porque les dijera cosas al oído, ni porque les tocara las nalgas, sino porque su nagual —decía él mismo—, era la nauyaca, mala culebra que se aparece lista para dar el piquete. Porque decía eso, y porque no llamaba a San Isidro Labrador para que el mal tiempo se acabara, como hace todo cristiano de razón y de juicio.

San Isidro Labrador,
quita el agua y pon el sol.

Así cantaban las mujeres para que se acabara el Norte.

—Pa qué diablos —decía siempre el Matías cuando las escuchaba—. El San Isidro caso es que puede sacar el Norte; caso lo puede correr al chipi chipi. El San Isidro no es siquiera su dueño de él mismo; no se manda solo. Su mozo de Dios es que es el San Isidro. Como lo vas a creer vos, mujer, que lo va a ganar el viento. El viento es culebra. La culebra no tiene dueño, no tiene patrón. No hay en todo el tierra quien pueda regañarla. Es culebra. Yo, ¿mirálo caso lo tengo jefe, pues? ¡Porque soy culebra! Ese es mi nagual. El viento es también culebra. ¿Ya no te acordás pues, de cuando cayó la culebra de agua en la mina y que rompió cuanto hay? Primero vino el aironazo; después vino el culebra. Negra se miraba la choricera cuando bajó dando vueltas. Era culebra, esa. La mera culebra del viento que asoma cada que un quetzal se muere de melancolía.

Las mujeres le oían con miedo, pero al momento reanudaban el canto:

San Isidro Labrador,
quita el agua y pon el sol.

—¡Ja bestia, pa ser terca mujer! —Regañaba el Matías— al viento sólo se le puede ganar dándole más viento. A la culebra sólo se le mata dándole culebra. Por eso es que se mata pegándole con una tu varita; porque tiene facha de culebra la varita, si no, caso vas a creer que muriera. Yo, mirálo, solo lo voy a morir cuando lo busque la culebra que lo mamó las chichis de mi nana cuando nací. Noche de luna es que tiene que ser, pa que me haga su efecto; pa que me haga enjundia. De otro modo ¡dónde vas a creer que yo me muera!

San Isidro Labrador,
quita el agua y pon el sol.

—No seas necia, boba. Al viento llamálo, no al San Isidro Labrador que es su mozo de Dios.

Así decía siempre el Matías cuando encontraba gente buscando el fin del chichi chipi.

—Vientooo... Vientooo...

El Matías tenía la misma facha de siempre; el mismo aspecto. No cambiaba. Pero en el fondo, él se sentía ya viejo de los brazos.

—Medio día me cuesta tirarlo un palo de mulato, cuando que hace un año, ¡Adió!, apenas cuando murió la Martina todavía, yo podía tirar la docena en media tarea.

—Vientooo... Vientooo...

El norte aumentaba de intensidad. Se dejó venir un aire que desgajó gruesas ramas frente a la casa del Matías. Pero no fue el viento Sur, el que trae paz, el que trae sol, el que trae música; el que llegó fue el viento del Norte, el viento que trae la muerte, que trae el catarro, que trae la fiebre, que trae los rezos del velorio.

Matías frunció las cejas y se dio un manotazo en las rodillas. Antes, con media hora de llamar al viento, este se aparecía por el rumbo del peñón, abriendo un camino claro entre las nubes negras y llevándose el mal tiempo para Pichucalco. Pero ahora no quería acudir al llamado de Matías.

—Tará enojada la nana culebra que ni caso lo hace del Matías. Sólo eso me faltaba: que la nana culebra me mande también al carajo.

—Vientooo... Vientooo...

—El viento nace de la boca de la nana culebra. De allí es que nace. Esa es su mera casa: la boca de la nana culebra. Ella está allá por el camino de Santa Fe. Ese es su nido. Desde allá sopla cuando se lo digo. Quien sabe qué es que le pasa ahora que no quere hacer caso de su hijo Matías. ¡Tan güeno que es él! —y esbozaba una ancha sonrisa al expresar esto—. ¡Tan güeno que es él!

Matías era hijo de la nana culebra. Todo lo indicaba. Ese era el nagual que le había tocado en las señas del patio el día que nació. Además se veía muy claro en su saliva que se mantenía sólida en las hojas que ladean las veredas; se echaba de ver en sus brazos cascarudos y escamosos, en su cara, de rasgados ojos, que se proyectaba hacia delante como nauyaca apuntando a los flancos de un caballo. También era fama que podía acercarse a cualquier lugar sin hacer ruido para nada.

—Es que lo arrastro el pié como la nana, sin ruidear —decía.

Matías estaba ya desesperado con el mal tiempo. ¡Para qué diablos tenía que llover en época en que no hay siembras! El agua, entonces, no sirve más que para echar a perder los caminos y para pudrir las raíces de los árboles jóvenes, y para encerrar a los cristianos adentro de sus casas para estarse bebiendo trago o jugando solitarios con las barajas viejas.

—Vientooo... Vientooo...

El viento Sur tenía que venir de por el rumbo de Santa Fe. Esto es cosa sabida. De por el rumbo que queda a la izquierda del crepúsculo. De por el rumbo en que el Gobierno está abriendo una carretera. (Por el rumbo de Tapilula están ya las máquinas trabajando, abriendo la montaña, rompiendo las selvas vírgenes, rellenando los pantanos. El primer carro llegó a Rayón hace un mes y hubo cohete y marimba. Para la primavera estarán por las tierras del Martín, llevándose la quietud de siempre con el ruido de las máquinas.)

—Vientooo... Vientooo...

El Matías no estaba conforme:

—Puro robar es que es el ingeñero. Ese viene a mi casa. Ta bueno que venga; ¡qué le hace! Pero luego está gritando, quiere mandar, también. Quiere tierra pa que pase el tractor. ¡Pa qué diablo quiero camino yo! Sólo pa que venga el soldado, el gobierno que pide paga. Y el ingeñero se queda aquí. Va a querer el rancho, va a querer el casa. ¡Lo que no va a querer es un machetazo que va a llevar! ¿Y a mí? Ese no le hace; que me coma el chucho; que me jimben a la cárcel. Ese tá bueno, van a decir.

—Ansina jué cuando hicieron el camino de la mina. Va a haber de todo, me dijeron. Va a haber chamba, va a haber camión. Si pues, camión hubo... pero camión que trajo el soldado pa matar gente aquí en Solosuchiapa.

—¿Y el ingeñero?... ese es peor.

Matías, en mucho tiempo, no pudo ir a la mina. Había orden de aprehensión para él. Fue por la trompada aquella que le dio al Ingeniero Jefe de Caminos.

Desde que llegó el ingeniero, quiso contratar a Matías para que él le mostrara el terreno para localizar el trazo de la carretera.

—Sólo que lo digás que no sos patrón, es que te voy a acompañar. Sólo así es que voy a ir. Pero no lo estés creyendo que sos mi patrón— le aclaró antes de aceptar el empleo.

—Aceptado Matías. Tú eres el que mejor conoce estos rumbos. Necesito que me acompañes. Y desde luego, tú te mandas solo.

—Acordáte pues, ingeñero.

Así fue como Matías estuvo trabajando en el camino. Le dieron dinero adelantado, a cuenta de su sueldo, que él dejó a la Martina, su mujer, y otro poco que él gastó en trago. Así fue como entró a trabajar al camino.

Más de un mes, Matías acompañó al ingeniero. Hasta aquella noche en que hicieron campamento frente a la finca "La Punta" y empezó a soplar un viento muy fuerte.

—Son los Contra-alisios... —dijo el ingeniero.

—Es el Sur. Ese es que es. —replicó Matías.

El ingeniero sonrió y trató de continuar:

—Los Contra-alisios se forman por corriente de aire

caliente venida desde el Golfo de México que se encuentra...

—Calláte vos, burro. Ingeñero pendejo. Ese no es el que decís. Ese que sopla es el Sur; ¡cómo no lo voy a saber! Es el Sur que nace en el boca del culebra madre. Esa que está por el rumbo de Santa Fe, echada sobre la montaña. Ese que toma viento desde tierra caliente, desde Cinco Cerros, desde Tonalá, desde el mar; desde allá es que lo mete en su cola y lo viene a sacar por el boca cuando yo lo estoy queriendo, cuando yo le grito a mi nana. Ese es el viento, burro, ingeñero pendejo.

El ingeniero quiso levantarse pero el Matías le dio un golpe en la cara que le hizo caer de espaldas, con las piernas dobladas, en la misma posición que si estuviera hincado.

El Matías agarró camino y no volvió nunca por allí. Se le buscó con orden de aprehensión por los sueldos adelantados. Pero del Matías nunca se vieron las huellas.

Todavía al perderse en la noche, gritó:

—Huyaaa... andá a hacer bobo a tu nana, ingeñero...

Matías no aceptaba más verdad que la que le contó su tata, entre trago y trago de pozol, durante los descansos del trabajo.

—Vientooo... Vientooo...

Incansable gritaba al mal tiempo; a la nana culebra; a la madre nauyaca. Al viento Sur que limpia de inmundicias la montaña.

—Quién sabe qué maldá es que hice. Quién sabe qué es que dejé de hacer: ya no me quere hacer caso el viento.

—Vientooo... Vientooo...

—No he bebido trago; tiene ya cinco días que no bebo trago. ¿Por qué no me va a hacer caso?... Por que toy viejo ya... ¡carajo!

El Matías no comprendía lo que pasaba.

—Ya son como las dos de la tarde y entodavía no llega el Sur. Y eso que desde que amaneció le estoy aquí grita y grita...

Estaba triste. ¿Qué sucede que la nana lo olvida? Eso de sentirse viejo, de sentirse débil, se le empezó a meter por los ojos al Matías.

—Si ya no sirvo pa traer al viento ¿pa qué voy a servir? Ni pa correr por el monte, ni pa levantar una casa, ni pa mercar la sal en Solosuchiapa.

—Vientooo... Vientooo...

—Yo soy el dueño de todo esto. Soy el mero dueño del viento. ¿Por qué pues no va a hacer caso ahora?

Matías se sintió golpeado. Una angustia empezó a agarrársele de los pulmones y le llenó el pecho de tristeza. Matías se sintió solo.

—Ya no hay mujer. Ya el hijo Quinto se quedó quieto bajo el tierra también. Y los otros hijos se murieron chiquitíos de fiebre que les pegó. Sólo yo es que resulté cuerudo. A mi naiden pudo acabarme. Pero ya las siento viejas las piernas. Y el viento que ni caso me hace...

—Vientooo... Vientooo...

El camino se perdía en el lodazal. Sólo se escuchaba el ruido largo que producían las bestias al sacar las patas de los agujeros que hacían en el fango. Y el agua cayendo monótonamente en los ojos de todos los hombres y todos los animales del rumbo de Solosuchiapa.

De repente apareció don Manuel Pineda, dueño de la finca "Santa Fe". Venía montado en su mula negra, de paso firme y hermosa estampa. Venía cubierto con una capa de hule de esas que hacen en Teapa, y el gran sombrero charro.

—Buenas tardes Matías... —gritó.

—Idáy pues... cómo es que estás vos... —contestó sin levantar la vista.

—¿Estás triste, Matías...?

—Toy... poquito. Cómo no voy a estarlo triste. ¿Cómo es que no estás triste vos?... Vos decís que nunca estás triste. ¡Saber si es cierto!

—No ahora, Matías.

—¡Ja bestia! ¿Tas contento porque sos rico? ¿Así lo vas a decir? ¿Porque tenés finca? ¿Porque tenés cien hectáreas? Pues yo, oílo bien, soy dueño de todo el mundo. Hasta donde alcanza la vista, hasta donde llega el pie, ese es mío. Todo el mundo es que es mi propiedad. ¿Ya lo oíste bien? Y mirálo; yo soy dueño también de los animales que hay por acá. De todo el animalero soy el dueño. Al tigre, oílo, al tigre lo encuentro en el cerro, lo masco mi bobo-tabaco, lo hago pelota con el saliva, lo escupo al tigre, lo pepeno de la oreja, lo monto y me jimbo a recorrer mis tierras. ¿Así soy yo... lo viste?

Don Manuel reanudó el camino; le dijo adiós con la mano.

—Andá con la protección del tapir que amanece —le gritó en tzeltal Matías.

El camino quedó solo nuevamente. Ya no hay viajeros, ya no hay bestias. Ya no hay nada. Sólo el lodo y la lluvia. Sólo la voz del Matías.

—Vientooo... Vientooo...

La pena le golpeaba los ojos al Matías. De pronto, de golpe, le dolieron los años, todos los pasos, todos los pleitos; toda su vida le salió de un trancazo del recuerdo y se le fue a meter en las coyunturas.

—Y en día de mal tiempo... Eso es lo peor. Viejo toy ya.

—Vientooo... Vientooo...

—Y el maldecido que ni caso me hace ya.

Matías recordó su nombre, su fama, su lugar en Solosuchiapa.

Allá nadie desconoce a Matías. Saben que es libre, que es bravo, que es diablo, que es decidido, que es fuerte. Cuando toma aguardiente se cierran todas las puertas de Solosuchiapa.

—Anda bebiendo trago el Matías —dicen.

Cuando llega a Solosuchiapa, siempre mata una culebra, nauyaca, en el camino y entra al pueblo con el cadáver de la víbora rodeándole el cuello. La cola cuelga por su brazo izquierdo, la cabeza queda para el lado derecho. Así debe ser: la cola del lado de la zurda, de la noche, de lo malo, de la herida en los muñones de la mano. Así es como debe ser: la cabeza del lado de la derecha, de la sabiduría, de la luz, de la bondad, de lo completo. Sobre el morral queda la cabeza.

Así es como llega siempre al pueblo el Matías. Las mujeres le ven con temor.

—¿Por qué es que lo tenés miedo, bruta? ¿Caso sos doncella, pues? Sólo a las doncellas es que le hace daño el culebra. Este es mi nagual. Es mi hermanita, mi hijita. Dormíte, chula —dice el Matías, y acaricia la cabeza de la culebra, muerta—. Dormíte pues chulita; aquí te voy a meter en el morral. —Y hace entrar a la culebra en el morral ante el temor de todos.

Así es el Matías.

—Vientooo... Vientooo...

Matías nunca tiene prisa. Pero el dolor le llena la boca de un sabor amargo, y quisiera que el viento Sur viniera rapidito. Le duele la cabeza y está triste, triste porque el viento no llega nunca.

—Vientooo... Vientooo...

Cuando quisieron llevarle en la leva, Matías perdió en la montaña el pelotón que le buscaba. Los dejó allá extraviados; y cuando se fueron separando él los mató a uno por uno.

—Pa qué me iban a llevar pues. Caso soy yo su mula pa que me echen a rodar tierras. Caso soy matón yo. Soldado... primero que me pique el culebra en noche de luna.

—Vientooo... Vientooo...

En todo el día, Matías no se movió de la puerta de su jacal. Ahí se estuvo, en su puesto, en su lugar, viendo al cielo, a las nubes negras, a la lluvia, cara al Norte y la esperanza al Sur.

—Vientooo... Vientooo...

Ya no había arroz en la casa del Matías. El frijol también se acabó. Y el maíz no aguanta dos días más. Esa es su provisión. No hay nada. Sólo las hojitas de cilantro que sembró la Martina el último día que vivió.

—Pa cuando tengás retortijón —le dijo, y empezó a morirse.

—Vientooo... Vientooo...

Todavía hace veinte días fue a Solosuchiapa. Iba a pedir fiado el Matías en la tienda del Gregorio. Gregorio es rico; tiene más de cuarenta mulas para el acarreo de las mercancías, tiene su rancho de café, tiene radio para oír las noticias de México en la noche; tiene mucho miedo del Matías.

—Güenas noches, Gregorio. ¿Cómo tá tu corazón?

—¡Ah!... ¿Qué hubo Matías. Cómo estás. Qué es lo que querés?

—¿Te acordás de aquel tus tres pesos que me diste de frijol hace un mes?

—Sí, claro. ¿Qué... lo vas a pagar?

—Onde vas a creer, bobo. Caso soy rico yo. Caso coseché ya. Caso tenga paga enterrada como tenés vos.

—Pues ya es tiempo que pagués...

—Ya es tiempo... Ya es tiempo de aguas, es que debés decir. Vos tás creyendo que el Matías es pesudo, que es rico. Caso soy ladrón como vos. Caso tengo tienda pa robar la gente. Yo lo siembro la tierra, lo saco el maíz, no lo envuelvo en papel ni lo estoy pesando por poquitíos de balanza igual que las mujeres, como vos lo hacés. Vos tenés paga porque robás. Yo soy hombre honrado; de ley, como los nombran.

—Pero es que ya es tiempo que pagués...

—¡Ja bestia! Sólo eso lo sabés decir. Así también lo andaba diciendo el Serafín Angeles. Pero tanto lo anduvo diciendo que también quedó muerto, sin cabeza, en el camino a Ixhuatán. Porque tenía tienda y robaba mucho. Porque quiso robarme un peso jué que murió.

Ahí velo vos. También te podés morir. También podés quedar en el camino.

—Bueno pues, qué es lo que querés...

—¡Ah! ya lo cambiaste el plática... ¡bueno! mirálo bien: ese tres pesos que te debo ya lo voy a pagar. ¿Seguro que lo voy a pagar viste? Pero ahora prestáme otros tres pesos de frijol y arroz. Prestámelos y voy a estar contento...

—Tomálos, pues.

—Así es como yo me gusta, Gregorio... —Y entre risas se fue de regreso a su casa el Matías.

Esto fue hace ya veinte días y el arroz y el frijol ya se terminó.

—Pero manque me muera de hambre no voy, hasta que se quite el Norte...

—Vientooo... Vientooo...

La lluvia aumentó. El viento empezó a sonar más fuerte y los monos gritaron de miedo y frío desde los árboles.

—Llorá, hermano...

Sólo el grito de los monos acompañó al Matías.

—Vientooo... Vientooo...

Ya no hay cantos de pava, ni de paloma, ni de zenzontle, ni de cardenal. Ya no hay saltos de venado, ni de conejo, ni de tepezcuintle. Ya no hay peleas de potros. Ya no hay nada; sólo el viento.

—Como pa quedarse muerto.

Matías se estuvo en silencio hasta que oyó el ruido del café hirviendo. Quiso levantarse pero no le dio la fuerza. La reuma se le encajó en la rodilla. Mejor se estuvo quieto y contempló, sin pensar en nada, cómo el café rebasaba el jarro y apagaba las brasas del rescoldo. Un ruido como de culebra de cascabel se elevó con el humo. Las brasas corrieron ojitos de conejo por los leños. Después siguió el silencio.

—Que se apague todo de un jalón. Que se apague el lumbre, el sueño, el risa, el guitarra. ¡El Matías que se apague! ¿Pa qué diablos voy a probar todo ésto si ni el Sur llega ni el Norte se va?

—Vientooo... Vientooo...

—Ya cayó la noche igual que un caballo muerto. Ni cuenta se da uno. Sigue el viento de agua, el tiempo de agua, el ruido de agua, el golpe de agua. No viene el Sur, no sirvo pa nada. Toy viejo...

—Vientooo... Vientooo...

Ya a esas horas no se ve el camino, ni los árboles, ni las matitas de perejil que sembró la Martina.

Sólo se oye el mal tiempo, el temporal, el Norte.

—Vientooo... Vientooo...

La voz del Matías se estuvo haciendo débil desde la tarde. Tosía a cada rato. Le dolía la garganta. Ya a estas horas, ocho de la noche, sus gritos no los hubiera oído nadie, aunque estuviera a tres pasos.

—Vientooo... Vientooo...

Y el agua que caía y caía. Empezó a colarse por el techo de palmas del jacal.

—Vientooo... Vientooo...

Apenas si abría los labios. Eso era todo. No se oía nada.

—Vientooo... Vientooo...

Oyó un ruidito a su derecha y descubrió el grueso de una nauyaca enroscada, lista para el mordisco, para el dolor, para la muerte; los ojitos fijos, la lengua partida, moviéndose hasta causar mareos.

—Ya vinistes, hermanita. ¿Por qué me querés llevar? Ahora que no hay luna. Sólo con luna es que me podés llevar. Que me puedo morir. ¿A qué vinistes, hermanita?

La fina cabeza triangular inició un vaivén con dirección a la cara del Matías. La lengua se hizo más rápida en su movimiento. Una leve tronazón de escamas resultó del cuerpo de la nauyaca.

—Refrescáte hermanita. Andá a decirle a la nana que ya termine el Norte. A yo no me hace caso. Todo el día, desde que calculé la amanecida le he estado gritando al viento. Andá a decirle vos, hermanita, que su hijo Matías quere ya salir, quere ir al pueblo, ya no se quere mojar. Andá a contarle cómo está de fiero el mundo con este lodazal y este frío que se mete en las orejas. Andá a decirle hermanita, que Matías está grita que grita. Andá a preguntarle por qué ya no le hacen caso al Matías.

La mano, recia y morena, la mano derecha de Matías, la mano buena, la completa fue acercándose a la cabeza de la víbora.

—No me oís, esperáte; te voy a acariciar ¿por qué tás enojada? Calmáte.

La mano siguió acercándose. Los ojos de la nauyaca se pusieron rojos de la rabia.

—Esperáte, hermanita...

Rápida, la cabeza se echó al frente, los curvos colmillos se hincaron en la mano del Matías.

—Jija de tu madre.

El dolor fue como de quemada. Sintió que la mano le ardía y se inflamaba enormemente. Ahí entre el índice y el pulgar, en el mero "pellejito del chiflido" como él decía, estaba la doble herida del veneno.

—¿Por qué me mordiste, hermanita? Yo te iba a acariciar. ¿Pero acaso te olvidaste que a mí no me podés matar? Sólo que fuera noche de luna podés fregarme. Y eso, yo queriendo.

La nauyaca volvió a enroscarse y preparó el cuello nuevamente. Los ojos, pequeños dardos, y la lengua con movimientos lentos, primero, y muy rápidos después.

—Mordéme otra... pa que veás. Pa que te des cuenta que al Matías no lo podés fregar...

Y acercó la mano, hasta casi rozar la cabeza triangular.

Uno, dos, tres, mordidas rápidas.

El dolor aumentó, pero Matías no quitó la mano, agarró la nauyaca y la sacó de la casa.

—Andáte ya, hermanita. No sea que te vayás a morir. Andá a avisar a la nana que digo yo que lo quite su mal tiempo.

El dolor era enorme cuando regresó al sitio en que estuvo todo el día, al lado de la puerta y a la derecha de las matitas de perejil.

—Vientooo... Vientooo...

La noche siguió lluviosa y negra.

—Vientooo... Vientooo...

A las diez de la noche empezaron a castañearle los

dientes y a sentir que el ardor se le había metido en todo el cuerpo.

—Vientooo... Vientooo...

No quiso tomar las semillas de contraveneno.

—¿Pa qué? Si yo no puedo morir en noche obscura. Sólo que estuviera ya muy viejo es que me moría. Y si lo estoy ya viejo, mejor ni lo tomo la semilla.

Los ojos le quemaban detrás de los párpados. Si los cerraba veía rojo, como si estuviera amaneciendo.

—Vientooo... Vientooo...

Movió los pies y vio que una huella de sangre quedaba marcada en el piso.

—Ya lo estoy sudando la sangre. Capaz que toy viejo...

—Vientooo... Vientooo...

Estaba hinchado; ya los ojos se le perdían en la inflamación del rostro.

—Vientooo... Vientooo...

Un dolor de huesos rotos le partió la espalda. Sin embargo, no se quejó.

—Vientooo... Vientooo...

Estaba seguro el Matías que no se podía morir.

—Noche cerrada es seña que el Matías lo tiene la protección —había dicho siempre.

—Vientooo... Vientooo...

Era incapaz de mover las piernas y los brazos. Un gran dolor se lo impedía. Empezó a orinarse y no se pudo contener. Estaba empapado en sangre.

—Vientooo... Vientooo...

Los retortijones le cerraban el estómago. Pensó en los perejiles pero no pudo moverse; y ni siquiera había fuego... También pensó en la Martina.

De pronto sintió que el viento era contrario. Que los árboles se movían al contrario.

—¡Viento Sur! —quiso gritar, pero ya su voz venía del fondo de un pozo negro.

—Vientooo... Vientooo...

Ya sólo pensaba las palabras; no podía mover los labios.

El Sur pegó de lleno. La lluvia disminuyó y el temporal agarró camino para Pichucalco.

—Viento... No podía dejar de oírme la nana —pensaba como en sueños el Matías.

El cielo se limpió. El viento ya era fresco. El frío desapareció.

—Viento...

Se abrió un boquete en las nubes y un claro asomó por ellas.

—La luna...

Fue noche de luna la noche del picotazo de la víbora. La noche de la muerte y del fin del mal tiempo. La noche que asomó el viento Sur era noche de luna.

—Viento...

El Sur empujó a las nubes hasta más atrás del peñón. El cielo estaba azul y la luna alumbraba los cerros y los grandes árboles.

Matías sintió que el corazón le estallaba. Se puso morado y casi no respiraba. Ya no sentía nada. Quiso tocarse el pecho pero fue incapaz de mover el brazo.

—Viento...

Matías se fue cayendo del lado derecho, del lado del Sur, del lado de la luz, del lado de la mano buena, del lado del perejil que le dejó su mujer para que lo ayudara.

—Viento...

Con la luna en la cara, Matías se fue quedando muerto.

—Vientooo...

EL MUDO

Cuando lo llegaron a sacar de la casa que le servía de calabozo, la madrugada estaba apareciendo. De un salto se incorporó del camastro al sentir la llegada de los cuatro soldados y del teniente Cástulo Gonzaga. Allí estaban ya. La última noche había terminado y era el mero día. Recorrió con la vista a los soldados y hubiera querido que se desaparecieran y que todo quedara como un susto. Pero los cuatro hombres, con sus sombreros de palma, la carrillera chimuela de cartuchos y las recias carabinas seguían allí frente a él, listos para cumplirle lo ofrecido. La noche anterior le habían dicho que se echara su último sueño porque a las seis de la mañana lo iban a fusilar. Así, pelón y de golpe se lo habían hecho saber.

Las caras de los soldados relumbraban en la penumbra del cuartucho. Parecía como si se hubieran untado manteca en los pómulos y en la barba. Tenían los ojos fijos y cansados, rojos, como si les hubiera entrado tierra en una polvareda o se hubieran puesto a llorar; tenían los ojos duros y quietos, casi cerrados. —Han de haber estao velando toda la noche; de guardia —pensó.

—Apuráte Vaquerizo —le dijo el Cástulo Gonzaga, que era también del pueblo pero se había ido a buscar fortuna hacía dos años y ahora venía resultando teniente de la tropa aquella—. Apuráte que no más por vos nos estamos retrasando. No más te cumplimentamos la condena y nos vamos con la música pa otra parte.

Vaquerizo se quedó sentado en el camastro. Con las dos manos se limpió los ojos, frotándolos igual que si estuviera echándose agua en la cara, allá en el arroyo. Dirigió la mirada hacia la puerta abierta; entre las siluetas de los soldados pudo ver que ya la mañana estaba comenzando. Sentía que el aire estaba corriendo afuera; que por el lado del cerro las nubes estarían poniéndose coloradas, y que las chachalacas iban a cantar de gusto en todos los árboles de la cañada; pensó que ahorita los venados estaban bajando al río para beber por última vez, antes de ir a buscar un matorral para dormirse. Todo esto se lo estuvo imaginando el Vaquerizo viendo la luz que ya estaba corriendo en el potrero; y le daba rabia que todo esto pasara el día en que lo iban a fusilar, así como si fuera de juguete, y él ya no iba a volver a ver todo lo que se sabía de memoria y que le llenaba las venas de recuerdos.

—Apuráte Vaquerizo. No lo pensés tanto. Si no es cuestión de pensamiento. Vos no tenés nada que hacer. Tu compromiso acaba en el inter que te pongás onde yo te diga. Ahí te quedás quietecito; el resto es por nuestra cuenta —dijo el Cástulo Gonzaga.

Vaquerizo no movió la vista de la puerta. Le parecía que toda esta situación era de a mentiras, de puro vacilón. Eso de que le digan a uno que ya mañana no va a hacer nada más que ir a poner el pecho para que lo venadeen sin oportunidad de que se defienda, como si fuera un coyote matrero, era a lo que no podía acostumbrarse el Vaquerizo. Hubiera querido que le entendieran, que le dejaran explicar las cosas, que le creyeran que de veras no podía sacar una palabra, porque parecía que el gañote se le hubiera secado y por más esfuerzos que hacía no lograba hablar. Todo esto hubiera querido hacer el Vaquerizo. ¡Pero ya de intentos estaba bueno! Hasta de querer defender la vida se llega uno a aburrir, a veces, cuando nadie nos quiere dar la mano. Con los pies buscó los zapatos en el suelo, debajo del camastro, hasta que los sintió con el dedo gordo; los pateó para afuera y se agachó a recogerlos.

—Bueno, muchachos, de aquí a cinco minutos nos pelamos a alcanzar a la tropa de mi general pa incolporarnos. Hay que apuntarle bien a este mi amigo, para que no haya urgencia de echarle otra carguita. Hay que estimar la cartuchada. —comentó Cástulo Gonzaga sin darle mucha importancia a sus palabras, como si estuviera hablando de caballos o coreando el alabado en una iglesia.

Vaquerizo tomó los zapatos y trató de calzárselos. Estaba tranquilo; casi no tenía miedo; pero las manos las sentía como engarrotadas. No le querían obedecer. Los zapatos no entraban. Por más esfuerzos que hacía no lograba metérselos.

—Dejá en paz el botín ese. Total: pa lo que vas a caminar. Y ya pa en después no más te van a servir de estorbo. En el otro mundo no hay piedras, ni espinas; ni siquiera los vas a extrañar. Déjalos —volvió a hablar el Cástulo y su grueso bigote se levantó mostrando los dientes en una sonrisa.

Vaquerizo ni siquiera lo volteó a ver. Logró calzarse

el pie derecho, pero ya con el otro no pudo hacerlo. Se levantó poquito a poco y con el zapato en la mano se fue renqueando entre los cuatro soldados. Ni siquiera esperó a que le dijeran algo; ni les miró a la cara, ni le temblaron las piernas, nada. El Cástulo Gonzaga escupió en el piso; con el huarache corrió la saliva, para disimularla, y se puso a caminar detrás de ellos.

Al Vaquerizo se lo iban a fusilar. De eso ya ni duda cabía. Y no porque fuera gente de armas, o de peligro, o enemigo de la causa. Por nada de esto. Las cosas eran de otra forma, de muy distinta manera. Venían por otro camino.

El Vaquerizo vivía aquí, en este pueblo de la Frailesca, que nombran La Garza. Aquí nació y aquí nació también el Cástulo Gonzaga que ahora vino apareciendo de teniente, con sus dos barras doradas en el sombrero, tan naturales, que parecía que le hubieran salido allí, igual que los primeros cuernos de un venado. De aquí, de La Garza, eran los dos; ahora, en una vuelta del mundo, venían a quedar como fusilador y fusilado, pero de chamacos fueron compañeros, jugaban siempre, y juntos iban a espiarles los pechos a las lavanderas en el arroyo. Hasta que un día, el Cástulo agarró camino, a los catorce años, y no se le volvió a ver nunca, más que antier que regresó a La Garza con mando de tropas y a las órdenes del general Isidro Alcántara. Cuando ocuparon el pueblo, después del combate, ya no había nadie en las calles ni en las casas, así que el Cástulo no pudo saber que de su familia ya no quedaba ni el recuerdo desde aquella maldita semana en que el cólera pegó con ganas allá en La Garza.

—Ya pa andar de necio en el relajo estuvo bueno, Vaquerizo. Dejá de hacerte guaje y decínos lo que queremos saber. No querés entender que eso de no decir palabra, ni sí, ni no, es de peligro con nosotros. Dejá el vacilón y ponéte a hablar —dijo desde atrás del grupo el Cástulo Gonzaga; pero el Vaquerizo siguió caminando cojo por la falta del zapato y no dio señales de haber oído nada. Sólo sintió que la cabeza le rebotaba del coraje. Después de muerto, quemado, pensó. Ya había perdido toda esperanza de hacerse entender. Jamás le creerían que de pronto se había quedado sin poder hablar, como si le hubieran robado el habla con un maleficio.

El Cástulo recordaba que de chamacos, el Vaquerizo era bueno para las bromas. Sabía hacerlas y le gustaban. En las calles se hacía pasar por ciego, y algunos fuereños, que no le conocían las mañas, le creían y hasta la regalaban un centavo o dos, para que se pusiera contento y olvidara su desgracia por un rato. También se acordaba de cuando fueron juntos a Santa Catarina la Grande, y el Vaquerizo decidió hacerse pasar por mudo, nada más porque sí, para divertirse, y bien que les tomaron el pelo a toda la gente de por allá. De esto se acordaba muy bien el Cástulo Gonzaga.

Las piedritas, sueltas, de la calle principal de La Garza, crujían al paso de los soldados, haciendo un ruido como el que hacen los lombricientos con los dientes cuando están dormidos, o como cuando se raja una rama verde. El Vaquerizo, en medio de los cuatro soldados, iba con la cara levantada y mirando a todos lados como queriendo despedirse de los del pueblo. Pero las casas y las calles estaban desiertas y sólo de vez en cuando un perro ladraba como si hubiera latido a un ánima penando. Algunas puertas estaban rotas, arrancadas, y en las calles se encontraban tirados restos de sillas, mesas, ropa y algunos santos quebrados. Los soldados estuvieron saqueando propiedades todo el día anterior.

—Todavía podés salvarte, Vaquerizo. Te podés arrepentir. Decí onde anda la gente. ¿Pa qué jijos te empeñas en morir? Lástima.

Vaquerizo hubiera deseado decirle algo al Cástulo; explicarle, hablarle. En fin, convencerlo de que lo que le estaban haciendo no era derecho, no era justo. Lo intentó nuevamente, pero no pudo soltar palabra; hacía esfuerzos por arrojar algo, lo que fuera, pero su boca seguía muerta, movía los labios como si fuera a escupir; sólo consiguió producir un ruido sordo. Ya ni modo; me tocaba... Cuando pasaron por la casa de la Rosenda, Vaquerizo hubiera querido que ella estuviera allí, detrás del balcón, para que se pusiera triste porque se lo llevaban para el paredón; deseaba que la Rosenda saliera y le dijera adiós, y le hiciera señas con una cruz o que rezara, o ya de malas que cuando menos se pusiera a llorar. La Rosenda siempre se hizo la desentendida cuando el Vaquerizo le habló de sus cosas; nunca decía ni que sí ni que no; tan solo torcía la boca en un gesto de coquetería, pero nada que la comprometiera. A veces, Vaquerizo llegó a odiar a la Rosenda por su falta de decisión. Pero ahora, en el último jalón, le hubiera gustado verla. Pero en la casa de la Rosenda todo estaba quieto y no había nadie; sólo un cerdo cebado estaba durmiendo en la puerta; era lo único. El Cástulo llamó a uno de los soldados:

—Amarrálo ese cochi y jalátelo. Lo vamos a requisar pa la causa. Hace falta provisión.

—¿Con qué lo amarramos?

—Con la faja del Vaquerizo. Al cabo que él ya pa qué la quiere.

El Vaquerizo no trató de oponerse; al contrario. El solito, se quitó el cinturón y lo entregó al soldado. Se agarró los pantalones con la mano izquierda para que no se le fueran a caer, llevando en la otra mano el zapato que no logró calzarse, y continuó la marcha cojeando.

—Amarrálo bien...

El cerdo empezó a gritar. Chillaba de puro miedo. El soldado, a jalones, lo arrastró. Los chillidos aumentaron.

Vaquerizo al contrario del Cástulo, nunca salió de La Garza. A él no le gustaban los ruidos; no le llamaba la atención eso de andar rodando tierras. En La Garza se hizo hombre y allá hubiera muerto de viejo si no le hubieran adelantado la hora las tropas del Cástulo Gonzaga, con eso de fusilarlo.

Cuando empezó la revolución, Vaquerizo nunca pensó en incorporarse a las tropas que pasaban por La Garza, pegando gritos y disparando al aire, rumbo a Santa Catarina la Grande o a Tuxtla. Nunca se decidió a seguirlos. Al contrario, procuraba esconderse para que no se lo fueran a llevar de pasada, en la leva. Deseaba estar tranquilo en su tierra, en su casa, con los ojos puestos en la Rosenda.

El cerdo chillaba con todas sus fuerzas. Parecía que a él era a quien llevaban al paredón, y que venía pidiendo clemencia, como el Luciano que fue al que fusilaron la vez pasada, porque escondió tres carabinas que se había robado, quién sabe con qué intenciones; cuando se lo llevaron, iba llorando por toda la calle, diciendo a gritos cosas que ni se le entendían por la lloradera. Con tanto escándalo que armó ni siquiera causaba lástima de que se lo quebraran; hasta daba risa verlo suplicar, y tirarse al suelo, y abrazarse a las piernas de los soldados. Igual que el Luciano, venía el cerdo pegando chillidos; a cada jalón que le daba el soldado parecía que lo habían abierto de una cuchillada. Vaquerizo en cambio iba serio, con la boca cerrada, y con los pantalones agarrados y rengueando, pero sin soltar un pujido, ni voltear para ningún lado. Desde que pasaron por la casa de la Rosenda ya no le interesó ver a nadie. De vez en cuando, con la punta del botín que llevaba en la mano izquierda, se rascaba la cabeza.

—Arrepentíte, Vaquerizo. Yo soy tu cuate, pero primero que nada soy soldado. No me puedo hacer guaje. Tengo que cumplimentar con mi obligación que es pegarte de balazos. Ese es mi deber. Pero vos te podés salvar si querés. No querés hablar y te la pasás haciéndote el mudo como en Santa Catarina cuando éramos chamacos. Hablá; decíme onde es que están las armas del cabildo, y pa dónde agarró camino la gente de La Garza. Vos sos el único que jallamos en el pueblo y lo tenés que saber. Decílo, bruto, que ya vamos llegando al lugar onde vas a quedar.

El Vaquerizo siguió cojeando como si no hubiera oído nada. Ya para qué le buscaba. Era claro que no le iban a creer. Ya el día anterior había tratado de convencerlos a señas y pujidos. Pero ellos nada más se reían como si fuera chiste, y después se aburrían y le mentaban la madre y al último le pegaron. No le iban a creer nunca. Eso ya estaba demostrado.

Vaquerizo era gente de paz. Tres días antes, cuando sonaron los primeros disparos en la cañada, la gente empezó a correr y a desalojar el pueblo; entre los retumbos de los 30-30 y la quebrazón de la ametralladora que llegaban desde allá, de por aquel rumbo, rebotando de piedra en piedra, el Vaquerizo ensilló su caballo y se decidió a seguir a los que huían. Quiso que la bola no lo fuera a maniatar, que no lo obligaran a irse a los campos de combate. El no era para estas cosas.

—*Vámonos pa la montaña pa que no nos vayan a encontrar*—, *le dijeron y él a gritos, desde el fondo de su casa, les dijo que sí.*

El pueblo quedó desierto. Los balazos siguieron tronando por la cañada. No cabía duda que era un combate entre las tropas del Gobierno y las del General Isidro Alcántara, aquel que se había levantado en armas hacía más de un año en Tonalá, y que les decía a sus soldados que aunque todavía no habían logrado pelear por una razón precisa, había que defender la causa para que cuando encontraran bandera ya anduvieran matreros y entrenados.

Vaquerizo detuvo a su caballo sobre la loma que está enfrentito de La Garza. Esperó que pasara el último de los habitantes del pueblo; vio cómo avanzaban todos con paso rápido y nervioso, cogiendo camino para la montaña. Los estuvo observando hasta que se perdieron en la vereda, atrás de unas lomas largas. —*Al rato los alcan-*

zo; al cabo que ando montado— se dijo. Los ecos de los
disparos aumentaron. Parecía que ya estaban más cerca.
De vez en cuando se oían gritos de gusto, como los que
se escuchan en las ferias; y la tronadera de la ametralladora no descansaba nunca. Se quedó un rato más sobre
la loma; contempló al pueblo, vacío, tirado en el suelo
como una gran mancha de humedad. Recordó su vida
en aquellas calles de La Garza, antes llenas de alegría
y animación y que ahora parecían las piernas y los brazos de un muerto. Así estaban de quietas y silenciosas.
Allí se estuvo recordando. Le empezó a llegar una tristeza que le partió la vista. Sentía como si le rompieran
los huesos del pecho. El estaba allí, solo, viendo las casas y escuchando los tiros. Sintió que el corazón se le
iba a romper de la tristeza encerrada. De plano, el Vaquerizo no era para estos asuntos.

De pronto vio cómo los soldados del Gobierno pasaban huyendo. Estaban en plena desbandada. Los tiros
se hicieron más sonoros por la cercanía. Primero pasaron
unos cuantos, pero al momento la retirada fue general.
Iban corriendo como conejos los federales; algunos ha
bían dejado tirada la carabina para que nada les estor-
bara la carrera. Cada vez, pasaban más cerca del Vaquerizo, por debajo de la loma en que se encontraba. Los vio
clarito; hasta las caras amarillas por el miedo les pudo
ver. Los gritos de susto y súplica le llegaban muy bien
a las orejas. Vaquerizo quería irse de allí pero algo le
tenía sembrado en la loma con todo y su caballo. Al ratito... —se decía— pero nunca le agarraba la decisión
para darle el chicotazo al caballo, y encajarle las espuelas
para largarse de esa matazón. Los soldados ya ni se pre-
ocupaban de contestar el fuego; ponían las espaldas a los

balazos con tal de escaparse lo más pronto. Atrás venían los hombres de Isidro Alcántara tirando a matar, cazando a los federales. Uno de ellos, ya medio viejo porque debajo de la gorra le salían unas mechas canosas, pasó muy cerca de Vaquerizo; iba corriendo, dando de tropezones porque las piernas se le trababan del susto, los ojos los tenía redondos y duros y a gritos rezaba a todos los santos que recordaba. Allí, a unas cuantas brazadas lo vio pasar, y luego pegar un respingo y caer sobre unos matorrales; se revolcaba de dolor y se quería sobar la espalda. Después se fue quedando quieto hasta que ya no se movió.

Eso estaba viendo el Vaquerizo, cuando de pronto su caballo relinchó, y con las orejas paradas se puso a cabecear y se quiso parar de manos; el pescuezo del animal estaba manchado de sangre, que manaba espesa, como si varios tábanos juntos le hubieran ido a picar en aquel lugar. El caballo siguió encabritándose y el Vaquerizo queriéndolo contener, hasta que ya no pudo sostenerse sobre la silla y cayó de espaldas resbalando por las ancas sudorosas. Su cabeza pegó, en un golpe seco, sobre una piedra.

Allí fue que lo encontraron las tropas de Isidro Alcántara. Estaba como muerto.

—Hasta aquí nomás —ordenó el Cástulo a los cuatro soldados—. Aquí en esta barda está bueno pa que se aquiete el bruto este. Aquí le cumplimentamos.

Vaquerizo, sin que nadie se lo ordenara, fue a colocarse en la barda de piedras. Sintió cómo los bordes de las lajas se le incrustaban en la espalda. Frotó sus lomos sobre una arista para rascarse la comezón de una roncha de garrapata. Con la cara de frente a los soldados esperó.

—Arrepentíte Vaquerizo. Hablá. Ya no sigás con el vacilón del mudo. Decínos de plano si sabés o no sabés, pero no te quedés callado.

Vaquerizo siguió como si no hubiera oído nada. Ya pa que, ha de haber pensado. Con la mano derecha se subió los pantalones que se le estaban resbalando más abajo del ombligo por la falta del cinturón; con la otra mano siguió sujetando su botín izquierdo. El pie desnudo estaba manchado de lodo y lo untó sobre la otra pierna para limpiarlo. El sol, ya estaba por encima de la serranía. Los zanates, en ruidosas parvadas, se dejaban caer a la playa del río. Tres palomas levantaron espantadas el vuelo, cuando un toro pasó corriendo detrás de una vaca. El Vaquerizo vio al mundo y se llenó los ojos de tristeza. Sin embargo, no pensó en que pudiera seguir viviendo. Allí estaba, con el pecho y la cara delante de las cuatro carabinas y de los bigotes del Cástulo, esperando a que éstos se movieran al dar la orden del disparo. No tenía ya esperanzas; tampoco temor; no le temblaron las piernas como dicen que les pasa a los fusilados, ni le dieron ganas de llorar. No era por valentía. Nunca tuvo fama de eso; era por otra cosa. La muerte estaba allí, de cuerpo entero y para qué le daba más vueltas. El llano se abría enfrente de la barda que le servía de paredón; se iba hasta más allá de los sembrados de caña y en el camino había matorrales y piedras donde esconderse. Pero el Vaquerizo no pensó en salir corriendo; en escaparse. Para qué arriesgarle que le fueran a dar la ley fuga y quedar todo lleno de agujeros en la espalda. Mejor que fuera de frente viendo a los soldados; quizás hasta les iba a temblar la mano al apuntar y él se reiría de que estuvieran nerviosos. Sucede que de tanto estar oyendo lo de su fusilada, se había acostumbrado a llevar la muerte dentro de la camisa. Si ya no había remedio para qué moverle. ¡Hasta a eso se acostumbra uno!

A patadas lo hicieron despertar. Quejándose se levantó con un dolor en la cabeza que le hacía pasarse la mano a cada rato para sobarse el golpe. Los soldados de Isidro Alcántara se lo quedaron viendo y algunos, a las claras, tenían ganas de cerrajarle un disparo para que no fuera a dar quehacer. El quiso hablarles, pero por más esfuerzos que hizo no pudo lograrlo. Se le llenó la garganta de miedo y quería hablar; la desesperación le puso la temblorina en todo el cuerpo. Abría y cerraba la boca, y movía la lengua, que sentía pesada igual que si estuviera borracho, pero sólo el aire le salía y no podía formar palabras. Estoy mudo, mudo, señor, estoy mudo —quería decir, pero el miedo sólo se le veía en los ojos y en el modo como cerraba las manos y se golpeaba el pecho. Los soldados se lo llevaron ante el general.

¡Estoy mudo, santísima virgen, estoy mudo. Ayúdame Señor de Esquipulas! Y quería gritarlo pero las palabras se le quedaban atoradas en la garganta.

El General Isidro Alcántara, acostado en una hamaca, con las botas flojas y llenas de lodo, le preguntó qué era lo que hacía por esos lados:

—*Es lugar de combate y sólo el que tira balazos o trai comisión anda por allí. A ver, qué comisión traías tú...* —*Y con el fuete se acarició los bigotes.*

Vaquerizo abrió los labios para explicarle, pero no pudo decirle nada. Sólo pujidos salían de su boca cuajada por el miedo. La saliva se le hacía pelotas debajo de la lengua. Quería llorar pero ni eso podía hacer del susto que traía. A señas quiso explicarle pero nadie le entendió. Al General le dio risa.

Mudo mierda... —y se golpeó contento la bota con el fuete de cuero.

De pronto uno de los oficiales se levantó del rincón en que estaba sentado a cuclillas, en el suelo. Se le acercó al Vaquerizo y le echó una mirada a los ojos.

—*Es el Cástulo...* —*Se dijo el Vaquerizo y los ojos se le llenaron de alegría.*

—*Yo te conozco Vaquerizo. Es tu mera maña andar haciendo guaje a todos con tus vaciladas. Dejáte de hacer el mudo y decínos onde están las carabinas del cabildo. Más te conviene. Te conozco, palomita. Quién sabe qué intención trais quedándote por estos rumbos... no te sigás haciendo porque te damos cuerda* —*así dijo el Cástulo Gonzaga y el Vaquerizo sintió que el estómago se le sumía y el miedo le bailaba por las piernas. El General de un salto se paró de la hamaca. Los ojitos le bailaban y se le habían puesto colorados de la rabia:*

—*¿Conque sí?... cogé tu mudo...* —*y el fuete se enredó por la boca del Vaquerizo*—. *A ver tú, Cástulo, jalátelo a éste, y si no habla mañana tempranito te lo fusilás* —*sentenció el General*—. *Hasta mañana en la mañanita dale para que lo piense bien y se decida. Si no quiere ya sabes. Ni vengás a preguntarme.*

Nadie quiso creerle. Trató de demostrarles que no sabía nada de esas carabinas del cabildo. Que nunca se metió en los argüendes de la bola. Que por el Niño de Atocha les juraba que estaba mudo. Pero nadie le entendió las señas y él no pudo sacar palabras. Y el Cástulo se lo llevó para una casa y allí lo encerró y le puso centinelas.

—*Mañana a las cinco te damos chicharrón. Pensálo; no vayás a creer que por que fuimos cuates de chamacos te voy a contemplar. Orden es orden. Buenas noches —le dijo y se fue a dormir. Allí sobre el camastro se quedó tirado el Vaquerizo. Quería llorar de desesperación, pero ni eso podía hacer del miedo que traía. Él, que siempre le sacó el cuerpo a estas andanzas, que quiso quedarse en paz cuando todos jalaron a engrosar las filas de la revuelta; él, que todo lo dejó para quedarse viéndole la cara a la Rosenda; él, que no era de armas, se veía metido en una trampa, y lo iban a fusilar sin haber hecho nada. ¡Y todavía con la maldición de no poder hablar! Parecía que no era a él a quien le estaban pasando todas estas cosas. Las veía fuera de su ropa; como si estuviera viendo a otro desgraciado y hasta pudiera consolarle y llenarse de lástima por su mala suerte.*

El cerdo chillaba como si le estuvieran arrancando el cuero. El soldado que lo sujetaba, se amarró a la pierna el cinturón con que estaba atado el animal, y se colocó, al lado de los otros tres, enfrente del Vaquerizo. Aguardaron la orden que daría el Cástulo.

—Por última vez, Vaquerizo: ¿sí o no?

El Vaquerizo abrió la boca, pero su lengua se había enroscado como si fuera una culebra; se movía igual que un ratón tierno la lengua del Vaquerizo, pero permanecía en silencio; era una campana sin badajo la palabra del Vaquerizo. Abría los ojos con todas sus fuerzas, como si los quisiera empujar afuera de los párpados para que se le cayeran, y quitarse de una vez la figura de los cuatro cañones de las carabinas, que se le habían metido hasta adentro de los huesos. Pensó que sus huesos tronarían cuando le entraran las balas y le resgarían el pellejo al saltar de su lugar. Recordó el ruido que hacían los espinazos de los soldados, la tarde anterior, cuando quedaban quebrados por una rociada de la ametralladora. También le vino a los ojos las revolcadas de dolor de aquel soldado del Gobierno que se fue quedando muerto poquito a poco delante de él, el día en que se quedó mudo para su desgracia. El principio de toda esta calamidad fue el haberse quedado sin decir palabra. Y lo peor es que ni siquiera sabía cómo había sido.

—Bueno hermano. Vos te lo buscaste. Por terco... ¡Preparen! —los soldados hicieron chirriar las palancas de los 30-30, y con un ruido como de piedra de afilar, las armas quedaron con la carga lista.

El cerdo, al escuchar el ruido quiso salirse de allí. Jaloneó al soldado, y éste le dio un culatazo. El Vaquerizo hubiera querido que el cerdo se callara; le ponía nervioso el constante gemir del animal. Apretó el zapato que llevaba en la mano, y lo presionó contra el muslo como si quisiera enterrárselo. Estaba haciendo fuerza para que no le fueran a faltar los ánimos.

—¡Apunten!

El Vaquerizo vio las bocas de las carabinas, y a través del grano de puntería el ojo bailón de cada soldado. Se abrió la camisa con la mano que tenía sujetándose los pantalones. —Eso de mostrar el pecho es lo que debe de hacerse cuando lo van a fusilar— pensó. Los pantalones se le cayeron hasta la mitad de las piernas, porque el Vaquerizo hundía el estómago, con el esfuerzo que hacía para no gritar. Cerró los ojos hasta sentir que le dolían con la presión de los párpados y veía una gran esfera negra; le pareció que eso estaba bueno para irse acostumbrando con la muerte. El cerdo se puso a revolver la tierra con la trompa buscando algo qué comer.

—¡Fuego! —El Vaquerizo se dobló sin un grito; sin patalear ni revolcarse. Se quedó muerto sin hacer bulla. El cerdo chilló más que nunca; olía la muerte y se jaloneaba y el soldado tuvo que agarrar fuerte el cinturón para que no lo fuera a tirar.

—¿Le doy el de gracia?

—Ya pa qué. Quedó quieto ya...

—Qué fregado el Vaquerizo. No cualquiera aguanta la vacilada hasta el paredón. Siempre fue muy ingenioso pa los relajos. Bien que me acuerdo —dijo el teniente Cástulo Gonzaga, viendo al Vaquerizo con su zapato en la mano y el pecho crucificado con cuatro agujeros rojos. Se lo quedó mirando y movía la cabeza de lado a lado. Después ordenó la marcha de regreso. Todavía el cerdo iba chillando cuando volvió a decir:

—Se murió en su línea; en su mero relajo; era macho el Vaquerizo.

QUIEN DICE VERDAD

—*Quien dice verdá tiene la boca fresca como si masticara hojitas de hierbabuena, y tiene los dientes limpios, blancos, porque no hay lodo en su corazón* —decía el viejo tata Juan.

Sebastián Pérez Tul nunca dijo palabra que no encerrara verdad. Lo que hablaba era lo cierto y así había sucedido algún día en algún lugar.

—*Los que tienen valor pueden ver de noche y llevan la frente erguida. Quien es valiente conserva las manos limpias; sabe recoger su gusto y su pena. Sabe aceptar el castigo. Quien es miedoso huye de su huella y sufre y grita y la luna no puede limpiarle los ojos. Quien no acepta su falta no tiene paz y parece que todas las piedras le sangraran el paso porque no hay sabor en su cuerpo ni paz en su corazón* —decía el viejo tata Juan.

Sebastián Pérez Tul nunca evadió el castigo que limpia la falta. Nunca corrió caminos para engañar a la verdad. Nunca tembló ante las penas y vivía en paz con su corazón.

—*Quien no recuerda vive en el fondo de un pozo y sus acciones pasadas se ponen agrias porque no sienten al viento ni al sol. Los que olvidan no pueden reír y el llanto vive en sus ojos porque no pueden recordar la luz* —decía el viejo tata Juan.

Sebastián Pérez Tul vivía con sus recuerdos y estos caminaban a su lado y en su compañía saltaban de alegría y también se ponían a sufrir y a lamentarse. Sebastián Pérez Tul no olvidó nunca lo que sus manos acariciaron o sus pies destruyeron.

—Aquel que hiere debe ser herido, y aquel que cura debe ser curado, y el que es matador debe ser matado, y el que perdona debe de ser olvidado en sus faltas. Pero aquel que hace daño y huye, no tiene amor en su espalda, y hay espinas en sus párpados y el sueño le causa dolor y ya no puede volver a cantar —decía el viejo tata Juan.

Sebastián Pérez Tul estaba de acuerdo en todo y no dudó que ahora él debía de cumplir. Nunca pensó en negar que él, con sus manos, había matado al ladino Lorenzo Castillo, comerciante en aguardientes.

—Vos lo mataste, Sebastián. Estabas loco de la furia pero vos juiste quien lo cerrajó.

—Juí yo.

—Vos lo seguiste, Sebastián y le gritaste y él se detuvo.

—Le grité y se detuvo. Ese jué su mal: se detuvo.

—Vos lo alcanzaste y le hiciste reclamo...

—Le reclamé pué.

—Y vos le agarraste del pelo y lo porraseaste y le empezaste a pegar...

—Le empecé a pegar. Pero yo ya no miraba nada y sólo quería acabarlo.

—Y aluego cuando quedó quieto lo soltaste y el finado Lorenzo se jué rodando por la cañada.

—Sí pué. Se puso blando y empezó a rodar. Sí pué.

—Vos juíste Sebastián. Pero él se lo anduvo buscando. Si ya lo había hecho el daño, pa qué volvió.

—Pa qué volvió. Esa jué la cosa.

Sebastián Pérez Tul estaba sentado en la entrada de su jacal con los codos apoyados sobre sus gruesas y macizas rodillas, y la cabeza, llena de preocupaciones y sustos, en medio de sus manos. Estaba con el miedo secándole la lengua. Su hermano, el Fermín Pérez Jo, le hablaba y le quería quitar las ganas de arrepentirse.

—Vos se lo alvertiste en San Ramón, a la salida de ciudad Real. Bien que se lo alvertiste. Todos lo oímos clarito.

—Pa que no me anduviera con cosas jué que se lo dije. Pa que supiera de dónde salía el camino. Pa que no le tomaran las cosas desprevenido. Yo se lo dije. Y todos lo oyeron...

—Pero como es su modo, o era, porque ya es dijunto, no hizo caso de razones y nomás se empezó a carcajiar allá en San Ramón.

—Eso jué lo que me dio más rabia, Fermín; eso jué lo que me nubló la vista: se quedó riyendo sin hacer caso de palabras.

—Sí Sebastián, pero vos se lo anticipaste.

—No hice traición...

—No Sebastián; vos se lo anticipaste. En San Ramón se lo anticipaste.

San Ramón sólo tiene una larga calle. Por allí corre el viento que viene de los cerros para irse a meter a Ciudad Real. Es sólo una calle pero hay rencor y hay lodo, y hay maldad. San Ramón es el primer anuncio de ladinos que se encuentra cuando se llega a Ciudad Real; y es la última oportunidad para llenarse la boca de amargos cuando se sale de Ciudad Real. Es el último sitio. Hasta allí es que llegan los comerciantes, los curas, los abogados, los burdeles, el viejo señorío, en suma, de Ciudad Real. Hasta allí es que llegan. Hasta allí es que se quedan.

—En San Ramón jué que se lo dije. Allí jué.

San Ramón tiene nombre de Santo, pero esto no es de primera intención. No es su nombre de origen, porque antes el gobierno le puso Ramón Larrainzar, pero ahora le nombran San Ramón. Los ladinos le hicieron el cambio porque cuando no hay protección de santo, los pecados brillan en la oscuridad, y el diablo sigue los reflejos y se guía por los brillos hasta donde están las almas de aquellos que perdieron la pureza.

—Allá jué que me lo encontré de primeras. De nuevo como quien dice. Allá se lo hice ver su mal. Su daño que había dejado; y le hice su anticipo. Se lo anticipé al Lorenzo.

En San Ramón vivía el Lorenzo Castillo, ladino, gordo, comerciante en aguardientes. Allá fue que se lo encontró Sebastián.

—Tené cuidado Lorenzo. No asomés por allá. Te dejé salir, pero no volvás. Te lo estoy alvirtiendo Lorenzo. No volvás.

—Callate indio.

—Te dejé dormir en mi casa. Te di posada. Te dejé vender trago en mi puerta. Pero cuando todos estábamos borrachos vos te pusiste a robar y aluego pepenaste a mi hija y la dañaste y aluego te empezaste a burlar. No vayás a regresar. Te lo estoy anticipando...

¡Indio mierda! Andarás engazado por la borrachera; Que me voy a meter con tu hija. Ni conozco a la puta esa; pero si es india ha de estar toda apestosa —y el Lorenzo enseñó su boca sucia y sus dientes negros en medio de una carcajada.

—Te lo dije tres veces. No asomés por allá.

—¿Me estás amenazando? ¿Desde cuándo los indios me hablan de igual a igual? Ese es que quiero que me digás. Anda, vamos al carajo, no sea que te vaya a meter a la cárcel por injurias y amenazas ¿verdad licenciado? —y el viejo vestido de negro que estaba al lado de Lorenzo, con la cabeza, afirmó y juntos se estuvieron riendo hasta que el Sebastián se perdió de vista.

Así fue como Sebastián Pérez Tul se lo advirtió. Quedó avisado. Se lo dijo las veces que deben de ser; ni una menos ni una más. Así fue como se lo anticipó.

—Pero él ni caso hizo, y te vino a hacer burla, Sebastián. Hasta tu casa te vino a buscar, Sebastián, y te insultó y se volvió a reír de tu hija, y dijo que estaba más galana.

—Y ya estaba sobreaviso. No jué traición.

—No jué tración, Sebastián. Jué a la buena.

Lorenzo Castillo llegó a este paraje, con sus garrafones de aguardiente sobre las tres mulas viejas en que realizaba el comercio. Venía cayéndose de borracho desde San Juan Chamula; allá había hecho una buena venta y del gusto había estado bebiendo hasta que se sintió mareado y pensó en regresar. Iba para Ciudad Real, pero desde que vio el caserío de este lugar se le metió en la cabeza la idea de venir a burlarse del Sebastián. A la casa de éste se dirigió, llegando, y le llamó a gritos, y le insultó y se puso a decir a todos lo de su hija.

—¡A mí los indios me la juegan!

—Vos lo mataste, Sebastián...

—Yo lo maté.

—El tuvo la culpa. No te arrepintás. No tengás triste tu corazón.

—No me da remordimiento. Ni estoy ciscado. Lo maté porque había que acabar lo que es malo, lo que es ponzoña, lo que jiede.

—Pero te debés juyir, Sebastián. Ayer que llevamos al dijunto dijeron que ahora te iban a agarrar.

—No me juyo.

—Peláte Sebastián. La sangre dice que te quedés, pero los policillas y los ladinos no saben de ésto. No saben la lengua ni el corazón. Peláte.

—No.

—Entonces echáles mentira. Decí que vos no juíste. Nosotros lo vamos a decir también, porque ellos no hacen aprecio del corazón.

—No lo voy a negar. Yo juí.

—¡Sebastián! Juyíte. Ahí vienen ya los policillas —gritó la Rosa López Chalchele.

—Yo lo maté. Es la verdad. La palabra es limpia. Yo juí.

—Sebastián peláte. Te van a llevar. A la cárcel te van a llevar.

—Es mi pago. Lo maté. Yo lo maté.

Los vecinos iban llegando. Hicieron una rueda ante la puerta del Sebastián. Le aconsejaban que se fuera.

Que pusiera los pies en una vereda y se perdiera por un tiempo.

—¡Juyíte! Te podés juyir.

—Es mi castigo. Ansina está bueno. Mi corazón es limpio y si juyo se apesta.

—El que es ladino ya no se acuerda de la verdá, y cuando la encuentra sólo se burla.

—Vos no tuviste la culpa Sebastián. El se lo buscó.

—Vos se lo habías anticipado. Juyíte.

—No.

Los policías de la montada se recortaron sobre la loma. A un lado de la cruz del cerro se destacaban los grandes caballos que hacían saltar las piedras a su paso. Eran cinco.

—Entuavía podés, Sebastián.

—Agarrá camino, Sebastián.

—Juyíte. Vos no tenés pecado.

—Jué el Lorenzo el que se lo buscó.

—Yo juí. No me voy. No me juigo.

Los caballos de los policías bajaron al llano. Se abrieron en una larga línea que abarcaba el pequeño valle.

—Todavía podés, Sebastián. Juyíte.

—Tenés mujer. Juyíte.

—Si te agarran te amuelan, Sebastián.

—Tenés hijos, Sebastián. Juyíte.

—No puedo. Estoy debiendo. No es bueno jugar al castigo.

Los policías desenfundaron sus armas. Un brillo frío brincó de los cañones de las carabinas. Ya están entrando al caserío.

—Corréte Sebastián. No te han visto. Al poco podés volver. Se van a olvidar.

—No.

—Sebastián. El Lorenzo era ladino. Vos sos indio. Corréte.

—No. Ansina es como debe ser. Debo quedarme.

Los perros empezaron a ladrar. Los policías estaban entrando a las calles del poblado. Ya se les veían las caras. Clarito oyeron cuando el sargento ordenó cortar cartucho; el ruido seco y ronco de los cerrojos de las carabinas les llegó a la cara. Los perros seguían ladrando y uno de los policías le dio un latigazo al que estaba más cercano. Todo esto lo vieron desde la casa del Sebastián.

—Escondéte. Podés todavía.

—No.

—Escondéte. Te van a fregar.

—Es el castigo.

—Son ladinos los policillas, Sebastián.

—Es el castigo.

—Castigo de otro es que saben, Sebastián.

Los policías se detuvieron a diez metros de los indígenas que los observaban temerosamente.

—Sebastián Pérez Tul: reo de asesinato, —gritó el sargento de policía.

Todos permanecieron callados. Clavaron la vista al suelo.

—¿Quién conoce a este desgraciado? —volvió a gritar.

Sebastián se levantó de su puerta. Se dirigió a los policías. Todos se le quedaron viendo. Algunos cerraron los puños para no detenerlo.

—¿Quién sabe dónde putas está el asesino? —preguntó a gritos el sargento. Todos los ojos se clavaron en el Sebastián que se iba yendo a donde estaban los policías.

—Aquí estoy, gobierno...

—¿Quién sos vos?

—Sebastián Pérez Tul.

—¿Por qué no te pelaste?

—Porque no.

—¿Querés ir a la cárcel?

—Sí.

—¿No tenés dinero pa que te defienda un licenciado en Ciudad Real?

—No.

—Bueno. Volteáte pa que te amarren.

El Sebastián se dio la vuelta. Quedó de espaldas a los policías y con los ojos quería despedirse de su casa, de su mujer, de sus hijos, de su gente, de sus montañas.

El Sebastián estaba tranquilo. Nunca conoció su boca más palabra que la de la verdad, y nunca hubo miedo en sus ojos, y siempre tuvo la frente erguida. Nunca hubo temor en sus piernas ante el castigo.

—Ahora —dijo el sargento.

El Sebastián Pérez Tul no supo cómo fue la cosa. La gente oyó un disparo y vieron que aquel caía de rodillas.

—Pa qué perdemos tiempo con éste —dijeron los policías y se alejaron al galope.

—Sebastián, Sebastián, te lo estamos diciendo. Sebastián.

Alguien se arrodilló para levantarlo. Le pasó la mano detrás de la nuca y sintió que por los dedos le corría la sangre del Sebastián. Tenía la cabeza destrozada.

—Te lo dijimos. Te hubieras juyido, Sebastián.

Entre varios vecinos levantaron el cuerpo.

—Quien dice verdá tiene la boca fresca como si masticara hojitas de hierbabuena... —Así empezó a decir el viejo tata Juan, pero la voz se le quebró y los ojos se le llenaron de lágrimas.

LA CAÑADA DEL PRINCIPIO

La cañada todavía estaba a obscuras. El sol que empezaba a nacer por los llanos de Tierra Colorada, aun no había podido entrar al fondo de estas peñas, todas quebradas, con matorrales y pájaros. En el río, que pasa rebotando entre las piedras de abajo, todavía estaba la noche con sus luciérnagas. Los muchachos que andaban pasando por la última cresta del cerro, se llenaban los ojos con la enorme naranja que hacía el sol brotando de entre las nubes. Estaba amaneciendo; pero esto no se notaba en el fondo de esta cañada que le dicen del Principio.

Los árboles enredaban las ramas unos en otros con la hamaca de los bejucos. Las urracas estaban ya volando. El grito plateado de las peas se colgaba de los panales y hacía zumbar los avisperos.

El coronel fue distribuyendo los puestos. Los hombres escogían el hueco de una peña, o el tronco derribado de un árbol y algunos llegaban a trepar por una ceiba y acomodarse entre las ramas, con la carabina suspendida a las espaldas.

—No vayan a hacer ruido nomás; a lo mejor hay avanzadas —recomendaba el coronel al señalar los apostaderos.

Los hombres preparaban las armas y se aseguraban

de que los cartuchos quedaran a mano. Algunos untaban saliva en la muesca de puntería, y trazaban con los dedos cruces sobre la boca del cañón.

La ametralladora, que habían conseguido en el asalto a Mojarras, fue emplazada en la boca de la cueva. Los tres hombres encargados de ella prepararon lo necesario.

La cañada se fue llenando de ruidos. Las chachalacas volaron a la punta del cerro y allá se quedaron desparramando su canto ronco y acesante. Seis pavas pasaron cerca, con el vuelo pesado y torpe, y descendieron a las ramas de un árbol de mulato que se levantaba al fondo, muy cerca del río.

Las dos paredes pedregosas de la cañada fueron ocupadas por los hombres. Todos los puestos fueron cubiertos. Se hacían señas de saludo de un acantilado al otro. Los últimos hombres fueron destinados a sus colocaciones. El coronel recorrió toda la línea de tiradores. Estaba satisfecho.

—De esta no se pelan ¿verdad?

—Ni queriendo —contestó el asistente que con la carabina colgada del hombro, caminaba a su lado.

—Andá a decirles que no vayan a hablar en voz alta. Si fuman que tapen el humo y la lumbre con el sombrero, para que no nos vaya a delatar. Si no cae la tropa en esta trampa podemos salir fregados. La señal de disparo la va a dar la ametralladora.

—Voy señor.

Neófito se acurrucó en una hondonada. Reclinó la espalda sobre la roca y revisó su carabina. El día anterior se la habían entregado. Apenas si tuvo tiempo de aprender su funcionamiento. Disparó unas cuantas veces sobre un papel que alguien colocó en una barda de adobe. Después dieron la orden de iniciar la marcha y ya no hubo oportunidad de seguir practicando. Ahora, a las seis de la mañana, sentado en este agujero de la peña, con la dotación de cartuchos pesándole sobre la cintura, hacía funcionar el mecanismo de la carabina, reluciente de aceite. Le gustaba sentir en sus manos, la suave presión que ofrecía el cerrojo al cerrarse. Sacó de la carrillera cinco cartuchos y los fue colocando en su arma cuidadosamente. Con un movimiento seguro preparó el fusil y lo apostó sobre la roca. Luego se frotó las manos sobre los pantalones y encendió un cigarro.

—Hey, chamaco... —oyó que le llamaban. Levantó la vista y encontró la cara morena y angulosa, con arrugas incipientes, de uno de los hombres. Sintió que los ojos negros de aquel viejo le miraban con reproche.

—Que hubo... —contestó, entrecerrando los párpados para no encandilarse con la luz que empezaba a iluminar la cañada.

—Tené cuidado con el humo. Te puede delatar. Si los soldados llegan a mirarlo no entran a la cañada. Y si se pelan por tu culpa, capaz te cuelga el viejo...

—¿Cuál viejo?

—El viejo... Don Pedro Pineda, el coronel. ¡Ah! Vos, como andás de pichón sólo por el grado es que lo conocés; pero yo, que dende que se pronunció en armas ando trotando tras su caballo, no muy me acostumbro a nombrarlo ansina.

—¿A qué horas vendrán? —preguntó Neófito apagando el cigarro.

—¿Los soldados?... sepa la bola. A lo mejor de aquí una hora; capaz que horita. Total: es la misma cuenta.

—¿Los acabaremos?

—Yo calculo. Es difícil que se pelen de una paliza de éstas —el viejo se sonrió—. ¿Qué, andas ciscado?

—No, miedo no. Sólo que quién sabe a la hora de la hora.

—Si te empieza a llegar el pálpito, nomás agarras una ramita cuando asomen y la mordés con gana. Eso da la juerza. Y ya en después, cuando empiece la retumbadera, ya ni te vas a acordar de nada. Sólo andás buscando en dónde colocar la bala.

—Ojalá vengan pronto.

—¿Es el bautizo?

—¿Cuál...?

—¿La primera vez que echás bala sobre un cristiano?

—Sí. Ayer me incorporé en Tuxtla.

—¡Ah!... No te pongás nerviudo. Es cosa de escoger a uno y soltarle plomo; y aluego a otro; y ansina ansina hasta que tocan el cuerno pa que termine el agarrón.

Neófito se sonrió. Le costó trabajo hacerlo, pero sus dientes aparecieron cuando extendió sus labios en la mueca. Luego se pasó la mano por la boca para disimular el compromiso. El viejo le miró atentamente. Aún no tenía bigote. Una sombra le ponía la pelusa que el joven cuidaba celosamente.

—Sos chamaco todavía. ¿Cuántos años tenés?

—Acabo de entrar a dieciséis.

—Podés ser hasta mi nieto. ¿Cómo te llamás?

—Neófito Guerra, servidor.

—¿Guerra?... Qué casualidá, sos lo contrario de mi gracia.

—¿Por qué?

—A yo me nombro Augurio Paz. Y el hombre se rió con una risita sorda.

—Oí Neófito; ¿Y por qué andás en esttos trotes?, en esto de la bola...

—Mataron a mi papá estos hijos de su madre.

El viejo se rascó la cabeza. Echó una mirada al fondo de la cañada. Luego siguió, con la vista, el camino que ladeaba el río, por donde tenían que pasar a fuerza los soldados. Reconoció el terreno palmo a palmo.

—No nos vayan a agarrar pujando —pensó.

Neófito quedó con su última frase repiqueteándole la boca.

—Mataron a mi papá estos hijos de su madre... mataron a mi papá estos hijos de su madre... mataron a mi...

"Nos estábamos diciendo adiós con tu tata por cá María, cuando sonaron los cascos de la caballada y aluego la retumbadera de los balazos. La gente venía a tropel por las calles y se les echaba de ver el susto salpicándoles la cara. Atrás de ellos vimos llegar a la pelonada. Venían como doscientos jijos federales disparando a lo loco, en veces al aire y en veces sobre el gentío. Tu tata me agarró de la espalda y me dió un empujón. —Pélate, me dijo. El pobre había llegado en la mañanita del rancho ontá trabajando, nomás pa venirte a echar una miradita. Yo, en ese inter que me empujó, que lo volteo a ver y lo vide que ya estaba trastabillando, y aluego me quedó viendo con los ojos como de agua y me aventaba los brazos como queriendo pedir ayuda; pero aluego hizo como que se iba a reír, pero le bulló la sangre por la boca; de entre los dientes le asomaba como si estuviera comiendo una tuna. Yo lo quise ir a ver a tu tata, pero me ganó la muerte; se lo llevó antes de que yo llegara. Fueron los federales, Neófito, ellos fueron los que mataron a tu tata". Así se enteró Neófito Guerra de la muerte de su padre. El estaba trabajando en Tuxtla, de aprendiz de zapatero, y allí, a su taller, se lo vino a contar una vieja amiga de su padre.

Neófito sintió que le bailaba el paisaje, como si lo viera a través de un vaso de agua. Se limpió rápido los ojos con el dorso de la mano, y acarició de nuevo su carabina.

—Oí chamaco... vos, Neófito —le llamó el viejo Augurio.

—Dígame...

—¿Le cargás odio a los pelones?

—Imagínese...

—¿Vas a echar bala? ¿No te va a temblar el pulso? Como es la primera...

Neófito vio largamente la cara del viejo. Su rostro tostado, su gran bigote cano, sus pómulos fuertes. Bajó la vista y sopló el cañón de su carabina.

—No te ofusqués. Te lo estoy diciendo porque entuavía me acuerdo de cuando yo empecé... entre una brincadera de huesos y con ganas de quedarme escondido y no soltar ni un trancazo; por eso es que te lo digo.

—¿Sabe? la verdad es que sí tengo miedo.

—Te lo estoy diciendo. Pero calmáte. Es cuestión de costumbre.

—No. No es eso. Es que la cosa de matar a un hombre...

—No digás sonseras. No sea que ahora te cunda el escrúpulo. Esa gente es una partida de jijos de la sombrilla. Qué ¿no mataron a tu tata no más por gusto?

—No, sí. Y por eso es que estoy aquí.

—¿Pos entonces?

—Es que, la verdá, no sé si a la hora de la hora me entre la tembladera y...

—¡Ah, no! Allí va tu cuero por delante: O tiras o te tiran.

—Sí don Augurio, pero...

—Nada chamaco, nada. ¿Por qué creés que andamos alzados? Creés que es por gusto que andamos correteando por la serranilla toreando los balazos? No chamaco, es por que queremos que haiga tranquilidá pa en después. Que haiga paz pa que cunda la alegría. —el viejo apretaba su fusil y los ojos se le ponían más negros cuando hablaba—. Hay que finiquitar a todos esos que ahora andan con los caballos bailando. Hay que bajarlos de la montura pa que circulen. Los hombres son como el agua: hay que moverlos pa que no se empocen y resulten jediendo a podrido.

Neófito observaba cómo el viejo se iba transformando. Le hubiera gustado extender la mano y acariciarle los brazos; sentirlo más, que aquella seguridad del viejo le entrara por los dedos.

—Qué... ¿entuavía no te convences?

—Sí don Augurio.

—Vas a pensar que si no fuera ansina, y porque tengo la seguridá que sólo a balazos podemos dejar algo pa los que van a nacer, pa que crezcan juertes y contentos, con cariño a la tierra y sin miedo a los caporales, si no juera porque estoy en eso iba andar correteando federales? No chamaco; mejor me hubiera quedado muriendo de hambre, pero seguro, con la vieja y los hijos, allá en San Bartolomé de los Llanos.

—¿Y si no caen en esta trampa, y nos corretean y nos hacen salir de pelada?

—Pos ni modo; ya pa la otra será. Nomás te cuidás la espalda y aluego te reunís pa rehacer las juerzas como dice el viejo Pineda.

—Pero ¿y si nos toca?

—Qué ¿un trancazo? Pos algunos han de morir; eso que ni qué. En estas danzas no queda otra.

Neófito arregló la correa de su carabina. Sopló unas briznas de polvo que habían caído sobre el cañón. Después vio, a lo lejos, que alguien orinaba oculto en el tronco de un espino. Hizo todos estos movimientos para no seguir sintiendo los ojos negros del viejo y porque su pecho repiqueteaba con todo lo que aquél había dicho y ya no quería seguir oyéndolo.

Pensó en su trabajo en Tuxtla. El pequeño taller de zapatería al que había ingresado como aprendiz. La tranquilidad del cuarto en donde dormía se le vino a retacar en la cabeza y él la comparó a esta peña, tras de la que se ocultaba ahora con un rifle preparado y aguardando a unos hombres a los que odiaba, sin haberles visto nunca de persona a persona, pero que había que matarlos o tantear a la muerte que podía venir de esos mismos hombres. Volvió a palpar el recuerdo de la muerte de su padre, y un brillo le recrudeció el odio. Golpeó con la mano la culata de la carabina; echó saliva en la muesca de puntería y marcó una cruz en la boca del cañón, como había visto hacer a los otros. El viejo lo observó y asomó sus dientes en una ancha sonrisa. Se arriscó las alas del sombrero y untándose los dedos con saliva también marcó una cruz en la carabina y se rió satisfecho.

El sol ya había caído hasta el fondo de la barranca. Un suave calorcito subía de las peñas de abajo. Una pequeña neblina se empezaba a romper contra las peñas. Las urracas, las peas y las chachalacas se alejaron. Sólo se oía el largo chirriar de las chicharras que parecían hacer brillar las hojas de las enredaderas. Los hombres estaban impacientes. El coronel, con unos prismáticos anticuados, revisaba cada uno de los puestos. Luego sacó de la bolsa trasera del pantalón un paliacate y se enjugó el sudor que brincaba de su frente.

De pronto, una bandera roja se agitó en lo alto del cerro.

—Ahí vienen! —fue un grito apenas contenido, que saltó de la boca de todos los hombres. Era la señal convenida.

Hubo un acomodarse de cuerpos. Casi todos sentían la necesidad de ocultarse más aún. El coronel corrió al puesto por él escogido. Revisaron las armas por última vez. El enemigo no tardaría en llegar a esta Cañada del Principio. Todos sabían qué era lo que les tocaba hacer.

El viejo Augurio se escupió las manos y se peinó el bigote. Estaba alegre. Le hubiera encantado pegar un grito para avisar que allí estaba él, Augurio Paz, para balacear a los federales.

—Ora sí chamaco; ya llegaron los jijos.

—Sí —sopló Neófito. Sintió la boca seca y dura la lengua.

—¿Entuavía dudas?

Neófito negó con la cabeza.

—En la madre hay que darles, chamaco.

El viejo se acomodó en su parapeto. Tosió muy quedo y volvió a poner saliva en la carabina.

Ya se escuchaba el metálico sonido de la marcha de los soldados sobre las piedras del camino que corre al fondo de la cañada.

Neófito hubiera querido persignarse, pero desechó la idea pensando que un hombre no debe hacer esas cosas. Es por miedo que lo hacen...

Ninguno de los hombres del coronel Pineda estaba tranquilo. Aguardaban, con las narices dilatadas por una respiración fatigosa, a que los soldados cayeran en la trampa.

Al lado de una gran piedra blanca, partida a la mitad, aparecieron dos figuras verdes. Era la avanzada de la tropa. Venían con paso seguro pero desconfiado. Pasaban los ojos por todas las peñas esperando descubrir algo. Una cañada es un mal paso en época de revueltas; y eso lo sabían los dos soldados que ahora vigilaban las paredes.

Los hombres de Pineda se ocultaron más, queriendo enterrarse entre las piedras. Nadie hubiera podido descubrirlos. Los soldados describieron un amplio ademán con los brazos y continuaron el avance. Atrás de ellos el ruido de las pisadas aumentó.

Neófito apretó la carabina. No quiso poner el dedo

sobre el gatillo por temor a que le fueran a ganar los nervios y se le escapara un disparo.

El grueso de la tropa hizo su aparición al fondo del barranco. Al frente venían cuatro oficiales a caballo. Platicaban entre sí y señalaban las peñas.

—Que no nos vean... que no nos vean —musitó Neófito.

Los soldados, instintivamente, al ir entrando a la trampa, se separaban y descolgaban del hombro los fusiles. Se veían sudorosos los rostros debajo de las gorras verdes. Ellos, en contraste con los oficiales no hablaban.

Neófito se mordió los labios. Sintió que un dolor le punzaba los riñones. Los músculos del brazo se contraían. Abrió y cerró la boca varias veces para frotar su mentón sobre la piedra en que descansaba la cabeza. Los dedos le dolían como si hubiera estado trabajando, durante mucho tiempo, con la lezna allá en el pequeño taller de zapatería. Sintió que el miedo se le estaba reuniendo en el estómago. Cortó una ramita y la mordió desesperadamente. Recordó al viejo y volteó la cara.

Augurio le guiñó un ojo y le sonrió. —A darles en la madre chamaco —susurró. Neófito quisto repetir la mueca pero no consiguió dibujarla.

La avanzada estaba ya a la mitad del barranco.

Sudaba de las manos. Quiso irse y que todo esto de la carabina, los hombres, la tropa y la muerte, quedara sólo como un mal recuerdo. Aspiró fuerte para destaparse las narices; iba a escupir sonoramente, pero se abstuvo, por temor de indicar su presencia al enemigo.

La tropa federal estaba íntegra en la trampa. La retaguardia, compuesta por tres soldados, entró a la cañada. El ruido de la marcha era grande. Había rodar de piedras bajo las botas del ejército. Los oficiales se habían separado. Sus caballos resaltaban, aquí y allá, rodeados de la marcha trabajosa de los soldados. Todos indagaban con inquietud a las peñas y a los árboles.

Neófito apuntó a uno de los oficiales; lo vio moverse en el centro de su muesca de puntería. Comprendió que la vida de aquel hombre estaba en sus manos; con sólo jalar el gatillo y todo se habría terminado para aquel oficial del Gobierno. Veía todos sus ademanes. Lo fue siguiendo con el cañón por una larga parte del camino. Escogió la parte del cuerpo a la que dirigiría la bala. El plomo le romperá la mitad del pecho. De pronto, las manos volvieron a temblarle; ladeó la carabina. Cerró los ojos y el cuerpo le bailó con varias temblorinas.

—No puedo. No voy a poder. No puedo —hubiera querido que el viejo lo animara. Que le volviera a decir lo de antes. Deseaba sentir aquellas palabras que le habían dado los ánimos necesarios. Volteó la cabeza al apostadero de Augurio; no pudo descubrirlo. Con seguridad que el viejo estaría oculto, estudiando los movimientos del enemigo. El combate se abriría en unos cuantos momentos; decididamente el viejo no podía hablarle.

Se dio cuenta de que estaba solo. El mismo tendría que escoger entre ponerse a llorar y revolcarse de miedo y luego huir de su puesto en medio de pujidos de angustia, o quedarse ahí y apretar fuerte la rama que tenía mordida para calmarse y poder colocar la muerte en los cuerpos verdes de los soldados, para vengar al padre, y para lograr todas aquellas cosas de que el viejo le había hablado.

De pronto la ametralladora inició el quebradero de federales y las carabinas corearon los disparos. Al fondo, los soldados se movían en desorden como un camino de hormigas. Algunos quedaban doblados sobre una piedra. Otros a rastras, buscaban un refugio.

El viejo estaba en su sitio, vociferando, mentándoles la madre a los soldados, y efectuando, certero, uno tras otro los disparos.

Neófito se fue encogiendo. Plegó las piernas al vientre y metió los brazos entre las rodillas. El ojo derecho le parpadeaba sin que él pudiera evitarlo. Empezó a llorar.

Los federales contestaron el fuego. Sus balas rebotaban en las piedras y zumbaban al igual que una caña que se agita con el viento. Una rama recibió un impacto y crujiendo, cayó cerca del viejo. La piedra que protegía a Neófito palpitó varias veces y le aparecieron puntos blancos. El muchacho se cubrió; volvió a morder la varita hasta hacerla pedazos. Restregaba los pies sobre la tierra y con las manos se cubría el cuello y la cabeza. No podía pensar en nada. Su carabina yacía a su lado, quieta, callada, ajena al tiroteo.

Un crujir de huesos y el pujido de un herido cercano le causaron sobresalto. Oyó el desprenderse de algo. Un sombrero pasó rodando. Neófito arrojó la carabina y se incorporó para iniciar la fuga. Que se vaya al carajo todo... A grandes saltos escaló las peñas rumbo a la cresta del cerro. Los gritos roncos del viejo le llegaron a la espalda.

—¡Hey, chamaco!... No te peles. Eso es de viejas... Ya mero ganamos... ¡Heya, chamaco!

Neófito no se detuvo. Llevaba las manos sangrando de arañar las peñas. Ya mero, ya mero, se decía midiendo los últimos peñascos.

El viejo volvió a gritar. El muchacho se arrancó la carrillera y la lanzó a lo lejos.

Augurio Paz lo encañonó con la carabina. Apuntó e hizo un disparo. Después volvió a dirigir los tiros hacia los soldados.

PATROCINIO TIPA

—Todo iba muy bien. Todo caminaba. La risa igual que la sangre caminaba. Pero aluego fue cuando nos cayó la sal. Todo se empezó a descomponer. Yo ya lo tenía completo mi deseo: había tierra, había agua, había dos hijos; los dientes de las mazorcas estaban ya como avisando. Pero todo se echó a perder. Vino el mal y hubo que salir corriendo.

Patrocinio Tipá se vino a vivir a Juan Crispín, el mismo día en que se quemó la ceiba de la plazuela; fue que le cayó un rayo en época de secas y el árbol se quemó todito. Fue muy mala señal aquel rayo en seco, y peor cayendo sobre la ceiba; aquello fue muy mal anticipo, y Patrocinio Tipá llegó ese mero día. Fue como un aviso.

Patrocinio Tipá era de Copoya.

—Me salí de Copoya, que es mi pueblo, porque la tierra del tata ya no ajustaba pa todos los hermanos; y también porque es mi natural andar buscando caminos porque no estoy enraizado en ninguna parte.

Después de mucho caminar, recorriendo todas las riberas del rumbo fue que vino a dar a Juan Crispín. Había viajado mucho el Patrocinio. No se aguantaba en ningún lugar. Apenas se quería encariñar con las calles de algún pueblo, luego luego le empezaba a dar el ansia de seguir otro camino.

—Resulta que nací con pata de vago. Pie de chucho como dicen por allí. Me gusta andar de arriba pa abajo por todas estas tierras del diablo. Desde chiquitío era ya muy dado a pepenar el rumbo; nomás agarraba mi morralito y patas pa qué te quiero.

Patrocinio Tipá conoció tierras. Las cañadas y los valles se le fueron acomodando detrás de los ojos.

—Ya es de nacimiento el andar de andariego. Así es mi natural y ni modo. Fue culpa de mi tata si bien se analiza. Cuando nací, el viejito no se dio prisa pa enterrar mi ombligo que es como debe hacerse, que es como manda la buena crianza. Se descuidó el tata; fue que lo puso sobre una piedra del patio y en lo que fue por un machete, pa hacer el hoyito del entierro, vino una urraca y se llevó mi ombligo pa más nunca. Ansina fue que lo contó el viejito. Y siendo ansina, ¿onde diablos voy a estar quieto? Siempre volando como mi ombligo, que esa fue mi ganancia. Por eso es que no quedo quieto en ningún lugar; pepeno las ganas de jalar veredas. Si me hubieran enterrado el pellejito, otro fuera el cuento.

Por eso a Patrocinio Tipá le gritaban las huellas de todos los caminos para que él les fuera a poner los pies encima.

Sin embargo, Patrocinio Tipá echó raíces una vez. Fue aquí en Juan Crispín. Aquí vino a dejar el camino, y por eso le cayó la mala suerte; por buscar lo que no era su destino. Vino con propósito de quince días; ese era el plan que traía el Patrocinio. Pero vaya usted a saber qué fue lo que le pasó. Aquí se quedó a trabajar con ganas. Tal vez fue que le cayó ceniza de la ceiba en la cabeza, el día en que llegó, y por eso fue que ya no pudo seguir vagando.

—Me empezó a llegar la gana de tener algo. Siempre había visto las cosas como de prestado. Nunca pal morral. Por eso fue que me entró la ilusión de comprar algunas tierritas aquí en Juan Crispín. Aquí fue que me gustó pa echar las raicitas. Es difícil, no vaya asté a creer que no, quedarse viendo las mismas caras cuando se está acostumbrando a ser patrón de veredas. Pero yo, sin embargo, sin ombligo y sin nada, me quedé sembrado en Juan Crispín. ¡Capaz fueron las cenizas de la ceiba las que me agarraron desprevenido!

Tipá trabajó macizo. Se le había metido entre los ojos, igual que antes el paisaje de las tierras ajenas, la idea de tener algo. Y no descansó hasta hundir las manos en la tierra propia.

—No sé, vaya asté a saber por qué, pero eso de pegar de gritos y que esos gritos queden en terreno de uno, es cosa que vale la pena. Yo lo supe bien y por eso es que no me duele andar otra vez de pie de chucho. No le guardo rencor a la época esa, en que me sumí en un mismo lugar, por que estuve contento, manque después eso haya sido la causa de mi salazón.

Un año trabajó como baldío en el rancho de ño Pedro Galindo. Luego estuvo como mediero, y siempre trabajando fuerte. Hasta que un día hizo tratos para comprar terrenos a don Pedro.

—No es por presumir, pero me afané galán y le pagué pronto. Por vida de San Roquito que me dio mucha alegría posesionarme de La Esperanza. Son esas siete hectáreas que asté vio a pegaditos a los amates, a un ladito de la Poza del Muerto. Esas tierras que asté constató, llenas de mala yerba, eran La Esperanza; ahora da tristeza pasar por allí. Pero antes, me cae de madre, que era un gusto ver lo bien labradas que estaban. Yo me enterraba hasta los tobillos en los surcos pa sentirme bien adentro de mis tierras. Pa que me pepenaran con ganas porque siempre estaba medio descontento con eso de ser fuereño.

Construyó, cerca de los amates, una casa de paredes de barro. Ahí se sentaba en la puerta a chiflar en las tardes cuando acababa el trabajo.

—De primeras como que me entraba un miedito por no seguir el camino. Tenía cisco de que me salara por no seguir en el camino, que esa era mi obligación por lo de mi ombligo; pero en después pensé que eran puras tonterías. Y eso fue lo que me perdió: andar de confiado.

Y veía contento cómo el maíz hacía canciones con el viento, mientras los clarineros volaban en parvaditas sobre la casa y los amates.

—Luego me vino el amor. Me quedé bien enamorado de la Consuela Cundapí, hija de Pablo Cundapí de oficio carpintero; es aquel que se fue a vivir a Tuxtla, tiene ya su tiempecito.

La Consuela Cundapí era muy bonita. Ella también se enamoró del Patrocinio, y buscó la manera de apalabrarse con él.

—¡Qué chula era mi Consuela! Tenía unos ojos muy negros y daba gusto vérselos y quedarse ahí viéndolos y viéndolos, como si fueran piedritas de anillo. Cuando había baile, mi Consuela se ponía a bailar solita a medio patio, y con los ojitos cerrados bailaba y bailaba, y venía y se iba, como si estuviera soñando; iba entre las parejas de novios como si fuera una tortolita. Ni se veía que moviera los pies. ¡Animas que parecía como si flotara! Bonito era verla con sus trenzas sobre el pecho y sus grandes moñotes verdes, o rojos, o amarillos.

El Patrocinio le habló a Pedro Cundapí, y tanto le dijo y tanto le habló que aquél aceptó que se casara la Consuela.

—Hubo fiesta grande. Mandé traer la marimba y hubo harto trago y harta bulla. Diez manojos de cohetes mandé a quemar ese día. Ya por esas fechas yo era el mero y cabal dueño de La Esperanza. Por allá nos fuimos a vivir; en la primera casa fue que estuvimos, porque ya la otra fue la de la mala suerte.

Aquel año del matrimonio del Patrocinio Tipá hubo una gran cosecha; y él compró una lámpara de gasolina. Luego los hijos empezaron a nacer.

—La Consuela era buena pa írmelos dando. Crecieron contentos. Dos eran: un barraquito: Floreano, y una hembrita: la Chepita. Eran dos, pero hacían bulla y alegría hasta pa aventar pa arriba.

Patrocinio no descuidó los nacimientos. En cuanto nacían tomaba los ombligos y los enterraba muy hondo, en tierra abonada, debajo de un amate, para que enraizaran fuerte en la tierra de La Esperanza, y sintieran, de grandes, la unión a estas llanadas y no fueran a salir con ánima de vago.

—Tenía todo, pero nos cayó la sal. Se nos vino a meter el mal agüero hasta en la última hormiga de La Esperanza. Mala señal fue aquel rayo que me recibió la tarde que asomé por Juan Crispín.

Por el mes de agosto vino de visita la madre de la Consuela.

—Daba gusto ver a la abuela con los nietos. Jugaban al igual. Pero una mañana la viejita amaneció con calentura. Allí empezó la peste. Por la tarde le asomaron unas ronchas que luego se hicieron granitos rojos. Harta agua les salía por los agujeritos que dejaban los granos cuando reventaban. Me fui a llamar al viejo Seín que era muy buen yerbero. Llegó al otro día en la mañanita. ¡Je! En cuanto vio a la vieja salió de pelada. No más nos dijo que era virgüela y salió corriendo.

A los tres días se murió la nana de la Consuela y a los ocho ella cayó enferma y al poco el hijo, el Floreanito. Yo andaba muy asustado y llevaba razón. Estaba como presintiendo. Y es que ya nos había caido la sal.

El Floreanito se murió a la semana.

—Yo, palabra, lloré sobre mi hijito. Ni vergüenza me da contarlo. Se me murió en los brazos, porque yo lo cargaba pa que también a yo me pegara la fiebre. Se me fue quedando como dormido en los brazos. Ni siquiera lo pude velar, porque me ordenaron en el cabildo que lo enterrara esa misma tarde. Yo, solo, me fui al panteón cargando al Floreanito porque nadie quiso ayudarme por puro miedo a la enfermedá. Ahora me doy cuenta que tenían razón, pero aquel día me hubiera gustado ahorcarlos a uno por uno. Mi Floreanito se quedó en la tierra sin tener rezos, ni música, ni cohetes. La Chepita no se contagió. La mandé con unos parientes pa que me la cuidaran. La Consuela pasó la enfermedá. ¡Cómo lloró cuando se vio en el espejo! Estaba toda llena de agujeros como esas carotas de piedra que a veces se encuentran en la montaña.

La Consuela quedó marcada por la viruela. Sólo sus ojos negros como piedritas de anillo tenían vida. Todo lo demás se lo llevó el mal junto con las risas del Floreanito.

—Mucho lloraba la Consuela. ¡Mi Consuela! Pero yo la acariciaba y le decía que ahí estaba yo, y ahí estaba la Chepita, y ahí estaban sus siete hectáreas de La Esperanza. "Consoláte, Consuela", le decía todo el día. Y ella como que se quería reir.

Patrocinio Tipá quedó hueco. Quería alegrar a la Consuela pero en el fondo tenía una herida por la que le caía la risa igual que un cántaro roto. Por las noches iba a donde estaba enterrado el ombligo del Floreanito y lloraba y hundía las manos en la tierra y luego quemaba flores de cedrón para regar sus cenizas sobre la tierra, para que el alma de su hijo no se fuera de las tierras de La Esperanza.

—Pero ya la sal estaba por todos lados. Hasta en los surcos. Ya todo estaba echándose a perder. Olía a rancio como si el viento estuviera podrido.

Todo traía recuerdos. Aire de recuerdos. Se oían pasos de recuerdos. Toda la casa recordaba las risas sembradas con cariño.

—Ya la casa me empezó a dar rabia. Jedía de noche. Peor cuando había luna. Por eso fue que pensé que era bueno construir otra casa a un lado del amate. Y así lo hice; sólo pa que al final la desgracia acabara de llevarse a La Esperanza.

Patrocinio Tipá construyó su casa. El mismo fue haciendo las paredes. Los vecinos le ayudaron a colocar las puertas y las vigas. Porque así es la costumbre por estos lados.

Cuando la casa estuvo terminada, Patrocinio Tipá envió las tejas que deben mandarse a las madrinas de la casa. Escogió las diez mejores, las más rojas, las más pulidas, y escogió el sitio exacto en que deberían de ser colocadas cuando las madrinas las devolvieran con las figuritas de adorno, para que la casa estuviera contenta, y hubiera siempre calma bajo el techo. Y de esas diez tejas escogió la mejor, y con barro hizo un caballito que él mismo colocó sobre aquélla y la envió a la casa de la madrina mayor, porque así es la costumbre por estos lados.

—Nombré madrina mayor a ña Petra Cunjama para que ella llevara al borrego del bautizo. También alisté la música y el trago. Iba a ser fiesta buena como salió realmente.

A las cinco de la tarde empezaron a llegar los amigos del Patrocinio Tipá. Ya los músicos estaban esperando hacía rato. Desde San Fernando vinieron ese día para tocar en Juan Crispín, en la fiesta de la última teja de la casa del Patrocinio.

—Fue al Fidel Aquino y a sus hijos a los que traje pa que tocaran. Los mismos que hicieron la música cuando me casé con la Consuela. Quise que fueran ellos pa ver si todo volvía a comenzar como en denantes y echábamos la salazón pal otro lado. La Consuela se peinó sus trenzas como cuando era muchacha y se puso ropa nueva y estaba muy animada. Desde la muerte del Floreanito la risa se había pelado de su cara pero ahora estaba contenta. Como que quería gozar mucho porque estaba como presintiendo algo.

Después llegaron las familias invitadas. Al ratito las madrinas con sus tejas arregladas con papel de China y polvo de brillo. Algunas tenían hasta palomitas besándose recortadas en cartón.

—La Consuela recibía las tejas con mucha satisfacción. La casa estaba bonita dicho sea sin presumir. Al rato asomó la madrina mayor; traía un borrego todo vestidito con listones y papel de China y con la cara pintada. Hermoso estaba el borrego pero yo desde que lo vi se me puso algo que me dio mala espina porque tenía dos patitas blancas y esa es mala cuestión. Trae sal. Y ya pa sal estaba bueno.

La música empezó a sonar y La Esperanza reventaba de puro gusto. Las parejas salieron al patio para bailar los sones.

—Mi Consuela estaba animada. La pobrecita volvió a bailar sola en la mitad del baile, con los ojitos cerrados, como si estuviera soñando, y los brazos caídos y yendo de un lado pal otro sin que le viera mover los pies como si fuera un trompito dormido. A mí me tenía muy contento verla otra vez como cuando la conocí, porque desde la virgüela no había querido ser como en denantes. De vez en cuando, bailando, se reía como en sueños y todos la veían con cariño, y de verdá parecía que no tuviera marca de virgüela.

A las seis de la tarde se empezó a abrir el agujero para el borrego en la mitad de la casa.

—Los cohetes tronaban cada poco, en tandas de a

quince. El chucho brincaba tras las varas como si quisiera morder el fuego. ¡Cómo me hubiera gustado que estuviera el Floreanito!

A las seis y media paró la música. Todos se acercaron a la casa y las madrinas recogieron sus tejas vestidas y yo me subí al tejado pa recibirlas. Las madrinas me las iban dando y yo las colocaba en su lugar en el mero lomo del tejado. Al final coloqué la teja de la madrina mayor, ña Petra, que fue con la que cerró la tapa de la viga. Todos echaron aplauso. Luego le puse su cruz pa que no anduvieran rondando espantos por la casa.

Patrocinio estaba con el gusto metido adentro de los huesos. Veía su casa nueva con el adorno de las tejas de fiesta. Levantó la cara y vio al cielo y los ojos se le llenaron con la luz anaranjada de la tarde. No había nubes. Ese año iba a llover tarde.

—Luego avisé que fuéramos pa dentro de la casa por lo del borrego. Nos amontonamos en la orilla del agujero que habíamos hecho en el piso. La ña Petra vino con el animalito y yo le volví a echar de ver las dos patitas blancas que me daban qué pensar.

La madrina tomó al borrego del pescuezo. Todos se pusieron serios. Algunos tenían hinchadas las venas de la frente.

—Yo mero le pasé el cuchillo a ña Petra. Ella rezó un Padre Nuestro y luego le clavó el cuchillo al borrego a la mitad del pescuezo y lo aventó pal hoyo. ¡Cómo bramaba el borrego! Daba de estremecimientos allá en el fondo. La gente empezó a hacer bulla y a aplaudir. Mandé que tronaran treinta cohetes. Entoavía bramando el borrego le empezamos a aventar la tierra encima.

Lo último que vi del animalito fue una de las patitas blancas. Me la quedé viendo hasta que la chupó la tierra.

Los invitados rellenaron el agujero y luego saltaron sobre la tierra para apretarla.

—Así fue como bautizamos la casa. El borrego sirve pa que no haya muertos en la casa nueva. El se lleva todo lo malo que pueda venir. El sale con la peor parte. A él le toca lo que podía ser pa un cristiano. Pero lo que es a mí, nadie me quitaba de la cabeza que aquel animal no era efectivo porque tenía dos patas blancas.

Cuando todo quedó listo dentro de la casa, las mujeres rezaron y los hombres fueron a beber aguardiente.

—Cómo me da tristeza cuando hablo de aquella fiesta. La Consuela estuvo contenta y mi hijita la Chepita, que ya caminaba, estaba como loca del gusto y corría de un rincón pal otro muerta de la risa. Tenía que acabar mal toda aquella alegría. Porque La Esperanza ya estaba muerta desde que asomó la peste, y el mal agüero andaba rondando como si fuera una lechuza buscando animalitos pa caerles encima.

A las diez se empezaron a ir los invitados. Poco a poco se fue quedando sola La Esperanza. La Consuela todavía bailó la última pieza y al final cargó a la Chepita y bailó con ella en sus brazos.

—Por ahí de las once sólo estaba el viejo Crescencio que ni siquiera podía caminar del pedo que había agarrado. Voy ir a dejar al tío Crescencio —le dije a la Consuela. Y dicho y hecho, me lo llevé al viejo, casi cargado, hasta su casa. Mi Consuela se quedó sola en la casa y tocaba las paredes nuevas y miraba las tejas rojas, y las vigas olorosas a resina todavía, y con la lámpara de gasolina alumbraba las dos ventanitas de la casa.

Patrocinio acompañó al viejo hasta su casa. Allí estaba cuando vio el fogonazo de un relámpago y luego el gran retumbo de un rayo.

—Rayo en seco... —dijeron.

Patrocinio tuvo un estremecimiento.

—Yo no sé, pero todo aquel día había andado como sobreaviso. Algo nos estaba rondando. Cuando oí el rayo sentí un olor a cacho quemado que se me agarraba de la nariz, que es lo que siempre me pasa cuando tengo miedo de un mal pensamiento.

Patrocinio se regresó rápido para La Esperanza. A cada paso sentía que el corazón le bailaba adentro del pecho y una opresión le cegaba los ojos.

—Empecé a pensar una bola de cosas. Eran como dibujos: Miraba la urraca que se robó mi ombligo; luego la ceiba que se quemó el día en que llegué a Juan Crispín; luego vi los terrenos de La Esperanza cuando entoavía no eran míos. En seguida veía yo que mi obligación era andar caminando por todos los rumbos y que no había hecho caso, y también miraba los ombliguitos de mis hijos que los enterraba hasta el fondo de un agujero, pero los ombligos brincan al igual que el borrego de esa tarde. Vi al Floreanito muerto, todo rojo y lleno de la sanguasa de los granos. Le piqué al paso.

Al voltear la cuesta que da para sus tierras el Patrocinio sintió que le quebraban las piernas. Su casa estaba rodeada de vecinos y otros llegaban corriendo. El palo de amate estaba desgajado. Sintió que le soplaban dentro del oído, y que un ruidito como de colmillos de jabalí le roía la cabeza. Quiso correr pero tropezó. Quedó de rodillas y. temblando.

—Sentía como si el estómago se me hubiera subido a la boca y que lo masticaba, y me quedaba muy agria la lengua. Tuve mucho miedo porque como que adiviné todo lo que pasaba.

—El rayo... el rayo... rayo en seco sobre tu casa, Patrocinio —le gritaban.

—Yo sentía como si la gente estuviera muy lejos o como cuando golpeás una piedra bajo el agua. Palabra que cuando me iba acercando no podía pensar en nada. Parecía como si el alma se me hubiera salido. No la sentía.

—El rayo... la Consuela... el rayo en seco... la Chepita... primero el relámpago... todo fue de un jalón —le llegaban los gritos al Patrocinio.

Cuando llegó a la casa vio a la Consuela muerta y entre sus brazos a la Chepita también muerta, abrazadas como si el rayo las hubiera agarrado bailando todavía.

—Yo de plano no pude hacer nada. Me quedé como un palo, sin llorar, ni afligirme, sin moverme, como si de un machetazo me hubieran echado afuera la sangre. No sé qué fue lo que me pasó. Pero todo lo veía natural. Como si ya en denantes lo hubiera visto, o como si el tata me lo hubiera platicado cuando era yo chiquitío allá en Copoya. No más me acerqué a mi gente, las abracé y las empecé a besar. Creo que ya mero lloraba pero hasta ahí me acuerdo.

El Patrocinio quedó atontado. No contestaba. No hablaba. No veía. Los vecinos prepararon todo lo necesario.

—Cuando vine a ver, ya mi Consuela y mi Chepita estaban vestidas y con las velas prendidas. Ya había gente rezándoles. Ahí fue cuando me puse a pegar de gritos. Quise salir corriendo pero mi comadre me detuvo. Tenés que quedarte, es tu obligación —me dijo—; y ahí me quedé toda la noche sin darme cuenta de nada.

Al día siguiente enterraron a los muertos del Patrocinio. El fue pero andaba como si también le hubiera tocado el rayo. Parecía que se iba a morir al rato. De vez en cuando pegaba un grito como de loco o como de borracho.

Después del entierro lo llevaron para su casa y lo tendieron en un catre. Ahí se quedó dormido.

—A la media noche me levanté. Había una luna que parecía una rodajita de caña. Ahí fue en donde me dí cuenta de todo. Pero ni me maté, ni me arranqué el pellejo, ni me saqué los ojos. Sólo me fui pa donde estaba el amate. Ahí, con el machete, marqué muchas cruces y luego me oriné sobre la tierra en que estaban enterrados los ombliguitos de mis hijos. Y luego maldije al rayo que quemó la ceiba de la plazuela y que me echó la sal. Si tanta sal hay en La Esperanza que le caiga toda de un jalón —gritaba. Y agarré puños de sal y los iba sambutiendo en los surcos pa que nunca naciera nada en estas tierras. Y luego agarré la lámpara de gasolina y la encendí y me puse a ver todos los rincones de la casa como buscándole el paso a los espantos. Luego me acordé de las patas blancas del borrego y me puse a desenterrarlo y con el machete me lo hice picadillo y aventé los pedazos pa todos lados. Luego quemé la casa.

—Le mentaba la madre a los santos porque me hicieron el mal, o no me quisieron hacer el bien que es lo mismo. También les eché maldición a las cenizas que me cayeron en la cabeza aquella tarde en que llegué a Juan Crispín. Luego les grité a mis piernas que no se hundieran en la tierra. Que nos fuéramos pal monte otra vez. Que nos olvidáramos de todo, de las risas, de los chiquitíos, de la Consuela, de los surcos. Le grité a mi ombligo que regresara. Lo último que me acuerdo es que con el cuchillo me hice un tajo en la barriga para quitarme el agujero del ombligo, y que se me cayera, y echarlo a volar, a ver si así quedaba otra vez sin raíz. Después quién sabe qué pasó.

Vine a darme cuenta hasta en la cama del hospital de Tuxtla. Quién sabe quién me llevó.

De esto ya tiene sus años. Ahora estoy viejo. Pero nunca volví a encariñarme con un pueblo. Volví a ser pie de chucho que así es mi natural. A seguir corriendo tierras, detrás de la urraca que le ganó a mi tata allá en Copoya.

A veces, como ahora, vengo a dar a Juan Crispín. Pero sólo de pasada. Le echo una miradita a mis muertos y luego luego sigo mi camino.

Esto fue lo que me pasó. Lo que le pasó al Patrocinio Tipá nacido en Copoya y salado en Juan Crispín.

Lentamente el viejo Patrocinio se levantó de la piedra en que estaba sentado. Agarró la vereda que va para Zoquintiná. Antes de dar la vuelta para bajar al río, una urraca empezó a volar delante de él.

NO SE ASOMBRE, SARGENTO

Esto jué entrando la nochecita; serían por ahi de las seis de la tarde, porque ya los zanates se dejaban caer como puñados de frijol sobre el zacatal. Yo tenía como dos diyas de no dormir, esperando que en cualquier momento el viento cambiara de camino y se llevara el ánima de mi tata que ya se andaba queriendo morir desde dos semanas antes. No se sabe qué es lo que tenía; el dotor nomás meneaba la cabeza de un lado pal otro, igualito que un gavilán cuando anda buscándole el ruido a los conejos: nomás eso hacía, digo, y no declaraba qué es lo que le había caido al tata quebrándole el cuerpo con aquellos calenturones como de terciana. Que si era esto, que si era aquello, y no sé cuántos decíres más. La verdá es que desde que le echó la primera revisada yo me quedé con la seguridá de que aquel dotor nomás andaba dándole vueltas al bramadero sin saber en donde meter el ñudo.

El tata era hombre macizo, cuerudo como decimos; pero de pronto, cuando vino a ver, se le empezaron a poner los ojos turbios, ya no aguantaba la boca, y ya no se pudo levantar del catre; ansina empezó la cosa: después pujaba y echaba maldiciones porque se quería parar pa meter el hombro en las tareas, pero ya las juerzas no le daban cabalidá. A yo me entraba un pálpito por los dedos cada vez que entraba al cuarto y le pasaba las manos por aquella cara que parecía piedra de rescoldo por lo caliente. Y él nomás me quedaba viendo y buscaba la manera de reirse conmigo, y yo también le contestaba de la misma inteción, pero por dentro sentía que me quebraban el chaco y me cundía por todo el cuerpo una retumbadera de hipos que parecía que ya merito me iba a poner a chillar. Sólo por no darle un disgusto al viejo jué que no se me pusieron de cristal los ojos con la lloradera. Pero apenitas salía del cuarto me iba pal corral y allá me hacía guaje hasta que me pasaba el sentimiento.

Yo, desde que cayó enjermo, sabía que ya se le había pelado la fortaleza y que no era más que una cañita seca de milpa. Supe que el tata no tenía pa cuando sanar; y lo más seguro era que ya no volviera a caminar más nunca. En las noches me jalaba los pelos y me mordía la boca pa no pegar de gritos, porque yo sabía que no quedaba otra cosa sino irle a buscar su lugarcito pa enterrarlo, porque era seguro que se me moría. Palabra que sentía un miedo como el que dan las cuevas de Cerro Hueco cuando uno las mira de chamaco; esa misma calazón que da la soledá y la negrura era la que me tenía golpeado en aquellos diyas de la gravedá del viejo. De la misma formalidá que si él me estuviera contando cosas de en antes, yo veía un montón de sucedidos que me pasaban por la cara, y eran cosas que habíamos visto juntos el viejo y yo. Ansina eran todas las noches: de la cruz a la firma del sueño yo no podía ni cabecear viendo aquellos recuerdos que se me metían por todos lados como avisándome que ya eran los últimos momentos que pasábamos juntos; algunos de esos recuerdos me hacían chillar de tristeza y hasta puéque también de alegría, y esos eran los que se me encajaban en el corazón; pero otros me rechinaban los dientes de coraje y se me acomodaban en los camotes; otros se me clavaban por debajo y yo me sonreía de contento porque es que me había acordado de alguna mujer; pero otros de plano me hacían carcajiar y era que se me metían por los sobacos porque yo sentía que me cosquilleaban de al tiro. Así me pasaba aquellas noches: pensando y repensando recuerdos que me salían de quién sabe dónde, y yo los jugueteaba y aluego los volvía a surdir en la oscuridá, pa volverlos a sacar al rato como si juera uno de esos güeyes que nomás se la pasan eructando la comida pa volverla a masticar. Y en medio de todas esas revolcaderas en el catre, lo que más me calaba era que en toda la vida no había sabido gozar de la cercanía del tata; nomás muy de vez en cuando me le acercaba; pero casi siempre me la pasaba viéndolo de lejecitos como si sólo juera un conocido. La verdá es que él y yo habíamos vivido en una vencindá nomás, pero no muy platicamos de cosas de verdá. Y todo por mi culpa. Primero jué porque a las horas de juntarse yo prefería pelarme al monte a buscar animalitos pa matar; aluego porque me tenía que esconder de sus ojos pa echarme el pinche cigarrito. Y más en después, porque prefería cambalachear sus pláticas por las bebederas con los amigos o por seguirle el paso a alguna hembra. Ansina siempre, por cualquier babosada, yo me le pelaba al viejo y casi no lo había oído platicar de todo lo que él sabía. Sólo muy de cuando en cuando, en los campamentos, cuando a juerzas tenía que estar con él, es que me hablaba de lo que tenía guardado pa contármelo a mí, de lo que sabía, de lo que había visto o de lo que le había tocado hacer. Y yo me ponía más contento que una ceiba llena de pericos de oirle todas aquellas cosas. Y cuando regresábamos pa la casa yo les presumía a los compañeros de lo que había aprendido y me hacía el compromiso de ya no separarme del viejo pa seguir oyéndolo. Pero a los pocos diyas ya andaba por ahi haciéndome el amaldito buscando mis cosas lejos de su autoridá. Total y cuenta que ahora que el viejo se me andaba muriendo yo sentía un coraje de todos los diablos contra mí solito por no haber oido sus palabras que tanta falta me hacían ahora. Me daba cuenta que no había aprendido nada del viejo; que sólo de a por jueras lo conocía bien; pero de su carne no había agarrado nada por mi culpa. ¡Uno no sabe qué tal es la tierra hasta que la vende!

Me acuerdo cuando se murió mi nana: el viejo estaba como si le hubieran metido un balazo; hablaba nomás por hablar; pa que no dijeran que era llorón. Pero en su soledá el pobre se había quedado como uno de esos palos huecos al que las hormigas le han robado toda la interioridá. Yo era ansina de chamaquito, pero también estaba que no podía decir nada de la pena que me andaba pegando. Y quién sabe por qué, pero la tristeza del tata era lo que más me dejaba rompida el alma. Y yo, pishpilinito como estaba, me hice la obligación de cuidar al viejo, de ya no dejarlo solo, de que siempre me sintiera cerca del ruido de sus espuelas. Pero apenas acabamos de rezarle su novena a mi nana, ya cuanto hay me había olvidado del pensamiento, y ya andaba otra vez trotando con toda la chamacada buscando nidos de pajaritos. Y el viejo solo en su soledá.

Y ahora que el viejo se andaba muriendo me crecía la carga de conciencia, y también me maldecía por no haber sabido acompañarlo. Pero ya pa qué. Eso es lo que pensaba: ahora ya pa qué.

Ansina fueron pasando los diyas, cada vez me convencía más de que el viejo no tenía remedio. La enjermedá se lo estaba chupando. Ya no era ni su sombra lo que ahora se revolcaba bajo las chamarras del catre. Que me maldigan los santos si hice pecado, pero casi quería que ya se me muriera porque a las claras veía que estaba sufriendo más de la cuenta. El, que siempre había sido como un muchacho por su fortaleza, debe de haber estado con el desconsuelo pudriéndole la agonía de ver que ya no le quedaban esperanzas. Al menos eso era lo que yo me figuraba. El tata se iba quedando con el puro pellejo untado sobre el esqueleto, y yo nomás lo veía y la tristeza me cundía de plano.

Un día amaneció sin calentura y yo me empecé a alegrar y a pensar que a lo mejor se salvaba. Pero cuando el dotor llegó me dijo que eso era lo pior. Que cuando la quemazón se acaba es que ya la vida se dio por vencida, y ya no quiere seguir pataleando. Y ansina jué realmente.

Ese día cayó un gran aguacero que duró desde que tempraneó la mañana hasta que se contó el ganadito. Toda la jornada jué un solo lloviznar, y macizo, como aquellos aguaceros que ya no se ven seguido. A mí eso me tenía encabritado porque mi nana se murió en día de llovizna, y ella decía que la nana grande también se había pelado en medio de un temporal. Son esas señas que no fallan.

Como decía al principio, serían las seis de la tarde cuando el dotor salió con una cara larga como un tecomate, y todo pálido.

—Quién sabe si hice mal —me dijo—, pero su papá me preguntó que si tenía remedio y yo lo vi tan macho y tan seguro que no lo quise engañar y le hice ver que estaba grave y que se iba a morir. Así se lo dije.

Yo sentí como si me hubieran metido un palo ardiendo. Pegué un reparo y de un salto me paré del banquito en que estaba sentado y me quedé parado frente al dotor. Estaba con el coraje rebalsándome la boca. Hubiera querido agarrar el machete y darle por la madre allí mismo. Tenía piquetes en los ojos como si me hubiera untado chile. Pero aluego me puse a pensar que tal vez eso era lo más mejor; al tata siempre le habían gustado las cosas derechas y a lo macho. Recordé que una vez me había dicho que lo bueno aquí en el campo es saber cuando se va uno a morir; que en el campo la muerte no es más que un sucedido que a juerzas tiene que llegar y casi siempre es hasta una salida pa los problemas. Porque pensé todo esto, y porque el dotor, pa qué es más que la verdá, me quedó viendo muy machito, jué que me empecé a apaciguar, y con la cabeza le di a entender que lo que había hecho estaba bien. Aluego me volteé y me quedé viendo pa la pared, hasta que oí clarito los cascos del caballo del dotor pasando por las lajas de la tranca. Entonces respiré hasta onde pude y me juí pal cuarto del tata; me urgía verlo porque el pobre debía de estar queriendo consuelo.

Antecito de la puerta entuavía me detuve. Me quedé buscando la manera de hablarle. De que se olvidara de lo que le habían dicho, de que supiera que ahí estaba su hijo pa darle la mano en los momentos alrevesados, y sobre todo, me quedé parado pa coger valor, porque sentía que de las piernas me subían olitas de calosfrío y si el tata notaba que yo ya mero soltaba la lloradera se iba a poner enojado. Eso me quedé haciendo cuando oí que me llamaba. Ya sin pensarlo más eché el paso y me metí en su cuarto.

—Si viera usté qué galán está lloviendo —le dije—, este año vamos a tener buen tiempo pa trabajar.

—Tenés que aprovecharlo. El gasto va a ser juerte. Así que ponéte a pensar qué es lo que vas a hacer pa ir pagando las deudas que salgan.

Yo me hice guaje y me puse a ver por la ventanita como si no hubiera entendido lo que me había querido decir. Frente a la ventana pasó despacio el caballo del viejo y yo no más por hablar le dije:

—¡Si usté viera qué hermoso anda su caballo! Con estos diyitas de descanso se ha puesto como bestia de general por lo gordo. Le va a dar alegría cuando usté lo vuelva a montar. Caballo acostumbrado a buena rienda sólo a esa mano se encariña.

El viejo se empezó a sonreír pero aluego, de golpe, cortó el gusto y me dijo:

—Ese animal vendélo a una persona que sea muy de a caballo. Y que se lo lleven pronto pa que no le caiga sangre en su corazón de la tristeza de no encontrarme.

—Pa qué dice eso...

—Pos tal vez tú no estés sobre avisado, pero yo me voy a morir dentro de poco; ya me lo dijo el dotor.

—No piense eso, tata.

Entonces él me hizo una seña con la mano como diciéndome que me callara.

—Ahora tú vas a ser el que se quede al frente de todo. Procurá ser como son los hombres; siempre listo pa cualquier eventualidá y a resolverla como debe ser. No te echés pa atrás en nada de lo que sepás que tienes la razón y también reconocéla cuando no la tengás.

Yo sentí que una chibola me subía y me bajaba por la garganta, pero el viejo me obligaba a ponerme hombrecito nomás con demostrarme su serenidá.

—El dotor me dijo que tal vez no pase la noche ¿lo sabías?

Con una seña de la cabeza le dije que sí, y él me quedó viendo como esperando que yo le dijera más cosas:

—Desde la semana pasada supe que usté se iba a morir, y desde entonces he estado preparando todo lo necesario.

Clarito vide cómo al tata se le alegraron los ojos y yo entendí que era del gusto de verme controlado; aluego me puso su mano sobre la frente y yo la sentí fría, fría, como si la muerte ya le anduviera buscando la embocadura.

—Procurá que todo quede en orden. —Y aluego me acercó más la cabeza jalándome con su mano—. Y que no hayan gritos ni nada en el velorio. Si falta dinero pedíle prestado a mi compadre José; él te dará lo que haga falta pal entierro. No es que tenga obligación; pero hemos sido muy amigos.

—Desde hace como siete diyas me dijo que todos los gastos corrían por su cuenta.

Mi tata se sonrió y movió la cabeza. Esos son amigos —dijo— que no fallan ni se escuenden cuando uno los precisa.

Y aluego como si no quisiera que se le fuera a ir ningún pensamiento de los que se le venían:

—Oí... ahí me buscás un lugarcito que no esté tan pior pa que me entierren.

Yo sentí que me puyaban los riñones, pero hice la juerza y ni siquiera moví la cara. Me lo quedé viendo y le di a entender que de eso ni tuviera cuidado. En después ya no pude aguantarme y le dije:

—¡Caray viejo! ¿Cómo puede usté estar tan macho hablando de estas cosas sin que siquiera le tiemble la voz?

El tata se sonrió.

—Cuando está uno viejo ya no hay miedo de nada. Uno anda tranquilo porque ya hizo de todo, y todo lo gozó y lo sufrió. Yo estoy contento de todo lo que vide y lo que arranqué y lo que sembré. Cuando te murás, ahí lo vas a ver, también estarás igual.

—Pos quien sabe. A yo se me arruga el cuero no más de pensarlo...

—No tenés porqué. La muerte no mata, lo que mata es la suerte, y siendo ansina pos pa qué alegar. Lo que sí, acordáte siempre, nunca debes de sentirte solo; onde quiera que estés yo voy a andar contigo. Y cuando te murás yo voy a estar esperándote al ladito pa mostrarte el camino.

Así, con esa serenidá con que lo estoy contando me lo dijo. Hasta pué que más a lo macho, porque a yo, con todo y que ya pasaron sus añitos, entuavía siento una urgencia en el gañote cuando platico de estas cosas.

Me quedaba mirando como si se quisiera aprender de memoria mi cara pa no olvidarme en el otro mundo y poderme reconocer cuando me viniera a enseñar el camino de los muertos de ley. Y yo sentí que sus ojos me picoteaban la cara.

En después me estuvo platicando sus recuerdos. De lo que yo nunca había querido oírle me estuvo platicando. Y era como si de plano juéramos cuates más bien que padre y cría. Me contó de cuando anduvo con la carabina repartiendo muerte en la bola, de las ciudades que vio, de sus amigos, de sus enemigos, de sus risas y sus miedos; hasta de sus mujeres y de algunos hermanos que a lo mejor me dejó rodando por las rancherías. A las claras se veía que no quería llevarse ningún recuerdo pal entierro. Y yo los recibía como si juera lluvia de abril, porque a lo macho nunca he aprendido más cosas que esa noche. ¡Cómo sabía cosas el viejo!

Yo sentía que estaba recuperando todo el camino chueco que había caminado. Que en esos últimos decires el tata me abonaba la boca con sus cosas; que me dejaba de golpe todo lo que yo debí ir cargando poquito a poco. Pero me sentía tranquilo, porque ahora sí lo sentía a él bien cerquita del corazón como si lo tuviera adentro de la camisa.

—Acordáte: cuando te murás yo te voy a estar esperando: no tengás miedo. Hay dos cosas a las que no tiene caso sacarles la vuelta: nacer y morirse. De una y otra forma que te caigan es lo mismo. Lo que sí, hay que ponerse listo pa hacer lo que se debe en la vida pa poderse morir tranquilo.

Y yo lo quedaba viendo.

—Otra cosa que debés recordar es que es mejor que te maten por lo que sabés que es la verdá que vivir jediendo a mentira.

Así estuvo hablando toda la noche y yo pegado a la orilla de su catre. A cada palabra que sacaba a las claras se veía que se iba quedando más acabado. Yo veía que se me estaba pelando, y me daba un rechinamiento de güesos el solo pensar que no le podía echar una manita pa nada. Cuando cantó el gallo me dijo: —Agarráme juerte la mano—. Y yo se la apreté y él se jué poniendo más pálido. Movía la boca sin parar y cualquiera hubiera pensado que estaba rezando, pero yo que lo conocía bien sabía que nomás repasaba recuerdos pa no olvidarse de nada. De repente los chuchos empezaron a latir muy feo, como si tuvieran miedo o como si estuvieran llorando, y yo sentí que el tata me aflojaba la mano. Le besé la frente igual que cuando se iba pa cualquier viaje y le cerré los ojos. Aluego le prendí unas velas y me juí a arreglar lo necesario y a llamar a los amigos.

Ansina jué como se murió mi tata. Ansina me enseñó a morir. Ansina jué que me dijo lo que se debe hacer. Ansina jué que me prometió que siempre iba a andar a mi lado esperando a que me muriera pa vigilar que todo juera como es la obligación; pa que constatara que hijo de tigre tigrillo. Por eso es que usté no debe espantarse que yo esté tan tanquilo. A cada palada de tierra que saco es una carga menos que tengo. Cuando acabe de abrir la tumba ya todo va estar arreglado. Pero yo voy a andar entero porque es como hay que portarse, como es la obligación. Porque sé que en estas llanadas lo mejor es no patalear cuando nos llega la hora; porque sé que el tata tenía razón cuando me dijo que la muerte no viene a ser más que un caballo matrero al que algún día tenemos que montar. Por eso es que estoy tranquilo señor. Y usté, sargento, también debe de estar igual. Hoy le toca tirar a usté, mañana le tocará recibir.

¡Bueno! yo ya acabé de hacer la tumba. No más le recomiendo que me entierren hasta el fondo. Usté dice, sargento, en dónde me pongo pa que me fusile.

Este libro se terminó de imprimir y encuadernar en el mes de junio de 1994 en los talleres de Encuadernación Progreso, S. A. de C. V. (IEPSA), Calz. de San Lorenzo, 244; 09830 México, D. F. Se tiraron 3 000 ejemplares.

May